U0691203

张婧柽　著

流徙客

The Itinerants

九 州 出 版 社
JIUZHOUPRESS

图书在版编目（CIP）数据

流徙客 / 张婧桎著. -- 北京：九州出版社，
2020.9

ISBN 978-7-5108-8171-8

Ⅰ.①流… Ⅱ.①张… Ⅲ.①短篇小说－小说集－中
国－当代 Ⅳ.①I247.7

中国版本图书馆CIP数据核字（2020）第157026号

流徙客

作　　者	张婧桎　著
出版发行	九州出版社
地　　址	北京市西城区阜外大街甲35号（100037）
发行电话	（010）68992190/3/5/6
网　　址	www.jiuzhoupress.com
电子信箱	jiuzhou@jiuzhoupress.com
印　　刷	天宇万达印刷有限公司
开　　本	880毫米×1230毫米　32开
印　　张	7
字　　数	155千字
版　　次	2020年9月第1版
印　　次	2020年9月第1次印刷
书　　号	ISBN 978-7-5108-8171-8
定　　价	49.00元

★版权所有　侵权必究★

目录

卷
首
语

当你再次回到起点时才能看见，

爱是这个世界上最有力量的东西。

流徙客

序　章

爱有一部分，是实现。成全也是一种实现，陈霭昕无数次幻想过和刘诺再次相遇的场景，或许只是两个兜兜转转重新回到同一个起点的中年人，可以在一个午后面对面坐着，像大多数平凡人一样，而"黑豹"刘诺会重新看见阳光——那片他徘徊了很久很久的阴暗前，最灿烂的曙光。

跟着带路的那个小警察，陈霭昕坐在了探监区的椅子上。也就二十出头吧？她一边想着，再睐一眼小警察熨烫得笔挺的制服，他正面无表情守在她身后当木头。

从门后面被带进来一个男人，没有陈霭昕想象中那么胡子拉碴，以前的方脸有些虚胖了，但也是洁净的。

出门前陈霭昕也对着镜子折腾半天——折腾那个被疗养院硬生

生养出一层膘的女人。

有多少年没见了？她问镜子里的女人。女人不应。见他干吗要这么折腾？女人还是不应。

此刻，只图齐整的两副壳子隔着一层玻璃不卑不亢地望着，她注意到男人举起电话的手是皲裂微颤的。

上次这么认真地相望是什么时候？好像他们从来都没拿这些当回事儿过，也不需要拿这些来当个事儿。

时间从拿起电话的那刻开始计算，滴答滴答地磨人心思。

有些话是不必在这儿问的。

他坐在对面的时候她就明白，她是替好久以前的自己回应了；他也明白她来就是想让他踏实，踏实地一眼望到底，她其实也老了。

陈霭昕回到疗养院再和我聊起当天的时候是笑着的。据她所说，她那天也是头一个笑的，她笑了以后刘诺也笑了，他笑的时候她才发现他们一点儿都没变。

午后的阳光正偷偷钻过雪纺窗帘捂热鱼缸，几尾金鱼不知疲倦地穿梭在这片巴掌大的光明世界里。

我看着这个多年前的老同学，发现不知不觉我竟把一个完整的故事都听完了。

　　而故事的女主人公正站在我对面的落地窗旁，光影正好笼住了她半片脸，窗外是五月的初夏。

　　故事的开始也是一个这样的夏天，那年夏天显得格外长。

一

这色彩斑斓的季节里的闷热是少女陈霭昕最头疼的事。小卖部拥挤地塞满了各种廉价文具，冰箱里码满了三六九等的雪糕。

今天礼拜一，下午，门口早早站了一排查岗的老师，很不幸，十七岁的霭昕穿了九分裤，齐刘海下是一双扫了一层睫毛膏的丹凤眼，正怯生生地站在蓝白海洋后面祈祷不被清点。

镜头再近些，这是一个有点好看又不敢太好看的女同学，整个人往人群里一站，说不出来的特别。

重点中学是不允许学生随意"好看"的，就好像人为的美都是罪过，学生就该普通、规矩，最好男生女生都是一个发式，把所有青春期叛逆的不良苗头都扼杀在襁褓里。

所以再多的躲闪都没有了意义，老到的年级主任一眼就扫见了这颗随时准备冒芽的苗子——只要再过那么几轮她就逃不掉了。

她使劲缩短了脖子也躲不开这道锥子一样的目光。

教学楼二楼窗户文科二班教室里已经有人看热闹了，她知道那是林长沙那帮天天中午在教室打牌的小子。

"这位同学，请你把美瞳摘了。"近五十岁的女主任一口标准普通话，陈霭昕心里暗暗窃喜，这个老太婆果然不明白小女生的把戏。

她把下巴稍微抬起来些，更加字正腔圆地说："我没有戴美瞳。"

"去办公室洗把脸，张老师你来处理一下。"主任依旧板着脸温文尔雅。

刚毕业来实习的张老师马尾辫束得老高，不久就学会了政教处的不苟言笑那一套，素面朝天，露出一个光亮大脑门。

陈霭昕看着这个大脑门的手直接朝自己胳膊抓过来，莫名地委屈道："没戴为什么要洗脸？"

学生正大批大批涌进来，循规蹈矩的脸齐刷刷地转向她。

林长沙远远地在二楼观摩这场闹剧很久了，陈霭昕窘得像只走投无路的海螃蟹，马上要被拔掉钳子示众了。

"欸，他三带一，长沙你瞎吗？倒是跟啊!"

林长沙才不管，他得去把众目睽睽下的"受难者"救上来。把课桌当牌桌的几个人看着林长沙抓起椅子上的校服往门口走，四四方方的外八字任凭哪个老古董看了都摇头。

"不跟了，走，和我出去买瓶水。"

声势浩大的"林家军"是这所学校里最让人头疼的小组织，林长沙是体育特长生，除了成绩差，哪儿哪儿都招人喜欢，学校老师办公室的电脑是他老子翻新的，年年市里运动会都能看见他那一身黝黑的腱子肉上台领奖。

热浪滚滚的操场上，林长沙那帮人从教学楼那一边走来。

很多年后陈霭昕回忆起模糊的高中时代总记起这样的画面——黝黑的长沙穿过操场对她笑，那笑仿佛告诉她，什么都不用在意，你看我不是来了吗？

他晃着步子走到校门口笑嘻嘻地和几个老师打招呼，他们向来都拿这个从来都有礼貌又不那么讲规矩的活宝没办法，只能拦住他身后的小跟班："一个人出去买水就够了，你们回去上课去！"

小跟班们在门口伸长了脖子看，不知道林长沙葫芦里卖的什么药。

霭昕低头看着明晃晃的水泥地，她知道大家都拿她当笑话看。所以长沙要自导自演一出更大的戏，大不了海螃蟹让他做，再大不了和喜欢的姑娘一起受罪。

教导主任不是头一回穷追猛打这种情况了，霭昕也不是出格得严重的那一类，学校暗里三六九等划分得很明确。

他们不想治罪那些说得上来家庭背景和有些成绩的学生，虽然他们大都不太守规矩，治一个囫囵都要一个下午，费劲还不讨校长好。所以但凡逮着几个不棘手又不像样的典型，就得好好治理一下，不然学校的规范怎么抓？他们比校长更头疼。

远远的，一个寸头男孩拎着一袋子水进来了，白底儿蓝袖子的校服上四仰八叉地写满了"我喜欢你"，彩色的油漆笔道子亮得乍一看以为是迷彩服。

所有人都盯着这道行走的彩虹看，林长沙就这样走进校门，歪着一脸笑立在了陈霭昕旁边——我就愿意凑在这个不良典型旁边当陪衬，大不了海螃蟹算我一个，你们怎么罚都成，他知道这些老古董都炸了锅。

林长沙从教务处办公室出来已经是晚上八点了，一起打篮球的"林家军"都陆续散了伙，他站在文科班楼下徘徊很久，没等到陈霭昕。

他感觉是他莫名其妙把一个平常的下午搞砸了，陈霭昕回家又不知道要吃多少"好"脸色。霭昕她妈是办公室"克星"，每次见老师都祥林嫂似的拉家常，抹眼泪抹得大家都愧疚，这种把苦情牌打得理直气壮的软钉子是整个教师团的噩梦。

陈霭昕自己也认为这样的郝秋梅不仅是大家的噩梦，还是个没墨水的笑话。小时候受了欺负回家抹眼泪，郝秋梅是会拎着她脖领子跨过窝在树底下打牌的大老爷们去算账的，一口的利落的四川话准训得别人张口结舌。

回家关上门转脸就数落她没出息，和她老子一样窝囊废，在外面屁都放不出一个来。在郝秋梅的价值观里，吃亏等同于吃苦，都是穷命穷出来的蠢，她才不要这种大度。

她早看出来林长沙那小子喜欢陈霭昕不浅，和霭昕讲："长沙又帮你背锅啦？那帮老教书鬼眼睛里只盯着钱，他老子又给机房换新电脑，得多少老师围他屁股后面打转转哟？"

秋梅一边哑巴嘴一边瞟她的窝囊废男人，再瞅瞅陈霭昕一副受惯了的样子气不打一处来。嫁给这么一个木头脑袋，生下一个复制版的小秋梅，可咋就没她这满脑子活络劲儿？

秋梅的歪理常有理，像一股助力轮番给她洗脑，直洗得她脑壳生疼。给秋梅教育她的机会，不如让秋梅揪着耳朵好好揍她一顿。

秋梅没受过几年教育，从四川嫁到这个三线小县城的时候才二十出头，只晓得那年代，肚子里有点墨水的人都金贵得很，可被生活锤巴久了哪里还顾得上这么多。

她眼睛里长年累月积着怨气，日子天天过得紧巴巴。自己找上这么个懦弱货色，不但教书没有新意，学生不爱听，就连逢年过节都得罪一批同事和家长。

"我好好教我的书，听不听是他们自己的事，教书的人为什么要学社会上那一套？"

每次秋梅开始唠叨这些，她男人就会这样不咸不淡地顶回去，然后套上那件快化成身上一层皮的风衣，细细矫正一遍歪了腿的眼镜，在早晨六点准时骑自行车出门。

对他来说，能吃一碗三块钱没油水的馄饨当早餐，不用听秋梅的抱怨，比什么都强。

现在满腹心事的少年终于琢磨出来是他的"英雄救美"让陈霭昕愈发丢人，在学校没丢尽的继续回家丢。

他想着想着，心思全跑到了脸上，东一筷子西一筷子，没一下是有章法的。

这家极看重规矩，吃饭得细嚼慢咽，公筷每天被刷得发白架在中间盘子上。

女主人从前在镇上医院当过几年护士长，当她身着白长褂穿过常年飘着消毒水味儿的长廊，她下巴抬得微高。

看不见的分水岭将她和以郝秋梅为代表的烟火气隔离开，像消毒水隔离病菌，她以这份洁净和清高为傲。

可隔离到最后，也挡不住她儿子又为陈霭昕出头闹得满校风雨。

她睥睨着林长沙："哟，校服咋不穿了？学人写情书也不知道往纸上写？"

林爸向来不知道如何插手内部矛盾，他讲不出来大道理，但也颇以妻子曾经是护士长而自豪。

护士长发言时他就埋头苦吃，除了提到他的建材小公司，他大多数时候都是一副聆听的样子。

"怎么不穿？"林长沙皮笑肉不笑地咧着嘴，"明天继续穿！"

他早就发现原来家里的按部就班的背后竟如此烦琐，有什么都不直接说。非用无声的蔑视控诉你，甚至隔离你，和你打一场不见血但疼出记性的长期拉锯战，隔离是永恒的主题。

早晨林长沙睡眼惺忪地吞咽完甩在桌子上的豆浆烧饼，在门口发现一件新校服，叠得四四方方。是陈霭昕悄悄放过来的，被清晨的雾气溽湿了。

不用和他妈拉锯战，他也明白他的徒劳，都是他自己甘愿，甘愿没头脑也没结果地对人好。

小城故事终将在这个炎热夏天告一段落，七嘴八舌的长舌妇们有时却是睿智的，提前帮他卜完了这场少年情事。小城没有了她们的占卜就不是小城了，陈霭昕也不会是口口相传的拖油瓶。

陈霭昕从夏日风波的焦点即将变成拖油瓶是在一个周末午后，她看见郝秋梅难得开始收拾家，偷摸藏起来两只新帆布箱。

她不由地喊出口："妈？"

郝秋梅抬起头，一大一小两个女人都互相识破了对方的心思。

她注意到郝秋梅的黄卷毛不黄了，在灯光下晕出一圈刻意的黑色。

隔壁院儿里李大妈刚嫁过去的小侄女，二十七八了说不上合适对象，直到嫁了个远在美国的半老头子，才给家里又扬眉吐气了一把，寄回来的照片上也是一团喜气洋洋的和谐。

岁数这种虚头巴脑的东西，仔细拾掇下来也不打紧嘛。李大妈这样和满院乘凉打牌的邻里说着，故意从衣袖里露出个不锈钢精细表壳的金边，那是侄女从洋商场里淘回来给姑妈献宝的礼物。

陈霭昕那被蒙在鼓里的父亲是看不惯这种唯利是图式的婚姻的，再夹金带银也遮不住腐烂的臭霉气，再说，那也得有享洋福的资本呀。

这么想着他就更舒坦多了。得亏这些年秋梅一门心思扑在持家带孩子上，没有闲钱和时间拾掇自己，年轻时候的嫩脸黄了两个度，大圆眼睛也时不时会耷拉下来两层褶子遮住好看的光了。

怎么也想不到就这么个被婚后生活榨干巴了的秋梅能甩开他带着孩子远走高飞。

秋梅提前一个月通知他的时候，他睁大眼睛看了三遍那张纸，摇摇头就是不签字。

她吃定了他脾气一上来就犟成驴，心平气和同他讲，霭昕慢慢大了，一个女娃子成绩不好又摊上没本事的爹妈，莫得关系就莫得好门道。囫囵读个大专毕业了分个厂，最后嫁个技工男娃子保不齐还吝得很。她秋梅苦了半辈子没想过要享什么洋福，有这机会总不能误了娃，让娃吃亏嘛。

男人最后还是签了字，颤颤地点了一根烟。塞满家电杂物的小屋子以后不会时不时就飘出来炒菜的油烟气了，深夜再不会隔着帘子看见扎马尾辫的女孩低头做题的影子。

她们的衣服应该是要带走的，那就又空落了一大半，他的衣服数来数去只放得满一层。

之前只知道凑合过的日子已经深入骨髓了，越是深刻越让人难察觉。

交融在柴米油盐和血肉相连里的时光，足以丰满和摧毁一个人。

想到这里他把手插进头发里用力抻着，愣是不让眼泪掉下来，是作为一个四十好几的男人最后的尊严。

也没有人问过陈霭昕的意见，悄不作声地她就变成了秋梅后半生里的一个顿号。林长沙知道这件事的时候，陈霭昕已经被她妈包裹成一个年画粽子装上了大巴车。

坐大巴去机场的路，远不过即将开始的十几个小时带转机的旅程。

陈霭昕永远记得第一次坐飞机从高空俯瞰整片土地的样子：一片灰的、黄的方块，慢慢从地面上耸起又连成一线；之后就是一道光，随着机舱窗那块遮光板拉下来的声音，一齐消失在安全广播的提示里。

林长沙打完了下午惯例的那场训练球，抹一把黑汗，抬头看见天空被齐刷刷的电线划分成几块不规则的区域。

他明里暗里恋着的女同学，是去了一个不会随便露着电线杆子和废井盖的地方吧？这些本该复杂的情绪突如其来地闯进他的青春里，最后又以这样委婉的收场让他不知所措。

做着金天堂梦，抱着壮士断臂般勇气的郝秋梅，以为是中年走了运，此刻却眼神涣散地盯着落了几块皮的红布沙发。

她的老华侨原来是个领政府补贴勉强度日，赢钱赌钱再输钱过活的无业游民。前几年才靠歪门邪道勉强攒了些小钱，听说在大陆两万人民币就可以娶个伶俐媳妇。

他不在乎从没见过面的女人高矮胖瘦，是南腔还是北调。就像郝秋梅来不及摸透他家底儿，就被李大妈游说着上了去多伦多的飞机。

当然得是把陈霭昕猫盖屎似的罩了去。

先给自己拿了名正言顺的身份，再把小霭昕镀层金壳，秋梅的后半生在算盘上数得门儿清。

只少算了一步——

"怎带个拖油瓶过来？"

"吃你饭喝你汤了？"

"话不是这么说——老子娶的可不是个带尾巴的累赘，钱花出去要听见响儿，你以为钱好赚呐，风里来雨里去……"

秋梅眼一斜，手上洗刷的动作停了，一只豁了嘴的碗清脆地摔在池子里。

老香港人总是在半夜三点偷跑去地下档口赌钱，从结束了一天杂工的郝秋梅身旁爬起，比上了发条的闹钟还准时。似乎只有在看不见的头脑博弈里，他落败的人生才能重新被命运洗牌。

一个对生活毫无所图的人才谈得上堕落，他从不惧怕失败，也正是这股天不怕地不怕的蛮劲儿才迫使他在早些年猛发了一笔横财。

在牌桌上有那么一瞬间他仿佛又回到了年轻时，在陌生土地上过五关斩六将。

当时所有混迹街头无所事事的外国混混们，都知道有个胆大包天的黄皮猴子叫阿华。

落难的英雄才充满了力量，这样想着他的筹码又慷慨赴死般堆满了敌人的手边。

笑面虎打心眼里看不起这个自以为是的落难英雄，满是烟渍的黄牙里总是挤不出几句像样人话。动辄就要开酒，赢钱也不给服务员小费，输了就把牌摔出天响，搞得一桌客人都没了好脸色。

他的使命就是在老阿华欠账欠出花前想办法将他清出场，一般这种赖皮都是敢死不还钱的。

"开瓶冰啤酒呀，困死人了怎么打下去？"老阿华烂泥一样瘫在转椅里大声吆喝。

还没切好水果的小服务员到处摸找开瓶器，被笑面虎一斜眼又缩回去了，一副手忙脚乱的模样。

"啤酒没了，咖啡还有。"他笑着瞟一眼老阿华半死不活的牌，盘算着这把结束就可以扔这个醉鬼出去吹夜风了。

"丢，老子白给你这杂种送这么多钱换瓶酒喝都要——"

没说完的话音被几记闷响堵在了喉咙里。

再一看老阿华已经滑到了地上，像条血肉模糊的皱皮豚鼠。

几个打手围过来看着他发愣，不知道老板派来看场子的笑面虎今晚又把谁揍出了彩头。

他的拳头早就"势利"得很，没得背景没得巴结的客人，敢闹他就敢收拾，动作快到打手们只剩下架起来老豚鼠往外丢的份儿。

"大家继续玩，新鲜水果一会儿就到。"他扶正了右手腕的好表，毕恭毕敬摆出了一脸招财猫的和善。

喷着酒气满脸血的阿华已经横在了马路边。

挨了打的阿华憋了一肚子气没处撒，摸黑回家开始翻箱倒柜地找酒。

睁一只眼闭一只眼只想赶紧落实身份的秋梅从来都只是装睡，任他叮咣地摔出雷声，然后他就会在酒劲里稍微平静下来，那是他一整天里最像个正常人的时刻。

然而这次像是在报复秋梅无动于衷的温顺。

翻个底朝天的阿华烦躁地坐在沙发上抽烟，他有个习惯，把偶尔赢来的闲钱卷儿塞进空烟盒里，不知不觉攒出了半抽屉。随手拆开一个，他发现里面的存货已半空了。

光靠秋梅打零工的收入是不可能支撑得起她东买买西买买的开销的，带着拖油瓶女儿的女人不但早就发现了他半夜溜出去赌钱的秘密，而且利用这空当儿，把烟盒换成了一件件衣服和拖油瓶的开销。

想到这他已气红了眼，冲进房间拽起来元凶就是几记耳光。

半梦半醒的秋梅从床边抓起台灯下意识反击一挥，本就早一头血的老阿华在黑暗中瞪大了眼，摔进空旷夜色里。

缓过神来的秋梅爬起来打开灯，看见阿华正匍匐在地上。阿华看着女人惊恐茫然的脸，突然感受到了一丝快感。

她所有念想与隐忍，都即将因为他的消失而成为空谈。几十年被命运操控玩弄成一副行尸走肉的自己，终于可以操控一次别人的命运了，尽管是两败俱伤。

"告诉你，我和很多你这样的女人结过婚。"他的瞳孔开始因为疼痛涣散，嘴角努力吊起冷笑。

"你们被中间人骗，他们被我骗，到头来都是一场梦……放心吧，我不会让你救活我的……"

他不用费劲抵达那片幻象中的天堂了，他知道此刻恼羞成怒的秋梅会替他摆脱掉凡人的肉体，这是他想要的最后的仪式。

一个不干不净惯了的灵魂，将绝望病毒传染给另一个灵魂，再由这个灵魂替他超度罪恶，这样才叫生生不息。

从血泊里渐渐清醒的郝秋梅失魂落魄地坐在红皮沙发里，她认为是自己杀死了老阿华。

她想到了死。死将作为她罪孽的解脱，也是寄托。

她仿佛听见天亮时警笛声将在唐人街上响起，像惊醒黄金梦的夺魂曲。她希望陈霭昕能清清白白地活下去，带着她的夙愿在这片土地上扎根播种。为了成全这个夙愿的可能性，她作为母亲无法选择。

陈霭昕后来总在想，秋梅和她之间存在着一种难言的联系，她们本该带着剪不断的联系，抱团生长。

当然这些都是很久之后的事了。

秋梅的死讯简单仓促，仓促到习惯了一身黑的陈霭昕根本不用花时间思考该置办什么衣服。

那也是陈霭昕想隐瞒又欲盖弥彰的一个篇章，是后来里外都漂亮得有点造作的"老板娘"永远不想分享的一笔伤痕。

二

我不该这么早就告诉你们郝秋梅的结局，当时故事听到这儿，我也以为快结束了。

早该轮到真正的男主人公正式出场，那就从他们的相识讲起吧。

那天突然开始下暴雨，这座城市的繁缛与破落都融在一片雨雾里众生平等。巨大的落地窗前飘过步履匆匆的面孔，与窗子里刻意的风度和笑脸都打个莫名其妙的照面。

刘诺点起一根中南海，皱起眉头猛吸一口，愤愤吐出来一条呛眼睛的"龙"。铭哥电话催了几遍了，下雨天市中心车堵得走都走不动。

他心烦意乱地按了几下喇叭，惹得旁边丰田车里探出个金毛脑袋不停地朝他喊"fuck"。

"sorry，sorry啊——呸，你喊!对，大声点儿，爷爷听着呢!"刘诺一边笑嘻嘻地饶舌，眼睛里早就聚起来两道蛮横的光。

他打心眼里看不惯这些洋人装模作样立牌坊，平日里没少在电影院里看见大声嬉笑指手画脚的白人。

他皱着眉头一瞥，瞥见了路边落地窗里一个年轻女孩在试一件吊带裙，温婉俏丽的侧影和谐得像一幅油画。跟在身后的店员见多了这种试得多买得少的姑娘，不情愿地抚展了衣服内衬的褶子，脸上还是笑盈盈的。

过了一会儿姑娘从门里迈出来半个身子，瞬间几绺碎头发湿在了脑门上。

她尴尬得只想冲进雨里，试衣服试成了常客，一笔消费记录也没有，背后的店长已经摆出了一脸的不耐烦。

这种姑娘太多了吧，刘诺想。蹭吃蹭喝蹭不要钱的显摆，哪怕背地里难看到心知肚明，面儿上都是一派好风光。可是她好像不一样，刘诺眯着眼睛想了半天也没想明白突然冒出来的姑娘到底哪里不一样，她不像是那种浮在纸醉金迷里浑身脂粉味儿的"空壳儿"。

他把光鲜亮丽到处打转、到哪儿都是每个人的好妹妹的妞叫"壳儿"。"壳儿"动辄还必得撞个色，手袋的logo晃得比来头都明目张胆。

她不学她们试衣服的时候放低手机摆个姿势玩自拍，也没满口富贵地和店员拉家常，看着她反而多了些委屈，显得店员们都是势利鬼。

"Chinese？"刘诺把窗户降下来盖着雨声和人声朝她喊。女孩正着急趟过一片污水，猛地一条粗嗓音飞进耳朵，惊得她一只脚重重落进水坑里。

"上来啊，我送你!"那条粗嗓子好心地对着她又喊，里面多了些心疼。

很多事情是不能未卜先知的，你只能拆开上帝随机分配的礼物，有的欢喜有的落魄。

刘诺花了很长时间才决定拆开这个未知的礼物。十岁就跟着父母来到这片土地讨生活，后来又跟着铭哥在那些歪门邪道里摸爬滚打，对人性的恶看够了的人才格外珍惜那么一丁点儿善，但凡能走进心里的就控制不住对人家掏心掏肺。

有时候生活就是这样出其不意，他怎么也想不到他会好心到莫名其妙载一个姑娘回家，他也想不到这看着不落俗的姑娘会趟着脏水钻进唐人街一排横七竖八的招牌后面的群居楼里去。

老广东香港人管这样的廉价租金房叫"散仔馆"，那是偷渡来的劳工们的聚集地。

散仔馆的面子工程还算做得足的，融在唐人街这幅市井图里有模有样，也一起被游客当道风景看。杂七杂八的店面生动地排成两行，每行像俄罗斯方块似的摞起来两三层白色门窗，走得再近些看会发现这些门窗可能没有被仔细粉刷过，透着一种异域风情的年代感。

为什么少女霭昕之后会从散仔馆独自搬去大鼻子老外的地下室？一方面因为当时她不见光的拖油瓶身份还没被郝秋梅落实；另一方面，老阿华既然算个赖皮，赖皮总对涉世未深的女孩抱有不纯粹的联想，这可能是一种道不明的情愫，又心生敬畏又妄想摧毁。换句话说，女孩所代表的生机和希望是救赎病态的稻草，也是一分难言的折磨。

刘诺看着这个像从油画里出来的姑娘狼狈地跳进这片破落景色里，心里说不出的滋味儿，有那么一瞬间他居然是有一丝暗喜的。

他知道自己从不配拥有什么礼物。对于铭哥而言他更像一颗子弹，不断被打磨抛光，接收新的指令赴汤蹈火，别人管他们这种行业叫"捞偏门"。

很多早些年偷渡出来的人找不到正经工作，在广袤的陌生土地渐渐凝聚成新的力量，甚至自己都没意识到这些不得已的谋生手段有时候可能"下作"到毫无底线。

他注定活在黑暗里，也怕自己毁掉别人本该干净的生活，他甚至有些自私地害怕陈霭昕会在那个雨天重新走回遥不可及的油画里，头也不回。

我们应该原谅这个繁杂时代永远会盛开出畸形的花，每一颗撒在动荡土地上的种子都会吸收不同的养料茁壮生长。

刘诺和陈霭昕更像是提前就注定要缠在一起的根和果实，不能抗拒的吸引和互相寄生的绝望中他们真真切切地存在过，后来引她入地狱的人也同样带她去过天堂。

回顾一下黑豹刘诺的爱情线，会发现一个很有趣的现象：他一直游走在被动和冲动之间，爱情的降临让他感到恐慌，也重新做了回人。

他的目光追着黑裤子有点儿打短了的陈霭昕穿过一张张烟雾缭

绕的牌桌，姑娘不娴熟的怯懦模样一开始总是惹得客人压着火摔摔打打。

她认出刘诺也在这里时，就知道自己苦心编造的三好形象毫无意义了。

之前好心送她回家的"粗嗓子"老道地招呼着客人，和那些被烟和酒精熏皱了表情的面孔打成一片，偶尔自己也撸起袖子戏水似的玩两把。大家都亲切地叫他"笑面虎"。

是的，刘诺就是间接影响了秋梅结局的笑面虎，也可以说，是接下来的故事暗藏的导火线。

但当时的陈霭昕浑然不知自己正掉进命运的圈套。她只看得懂似乎只有她在偶尔和他有眼神交集的时候，铁打的笑面虎才敢松懈出一身疲惫。

他的眼神总是悄悄和她说："看看这帮老油条比我强不到哪里去。"眼睛以下的部分却是一个笑得坦坦荡荡、爱插科打诨但绝不多嘴的看客模样。

当牌桌时不时迎来几声为好牌的欢呼时，他的下半张脸由衷地表示赞叹，像个好客的主人大手一挥摆出来几瓶新开的啤酒助兴。

老油条们都心照不宣地看着刘诺的心思跑了一半去低头数牌的陈霭昕那边，却没有哪个不识趣地像以前一样开小姑娘的玩笑。

"天亮啦，不玩啦，回家又得听唠叨啦。"刘诺不知不觉在这个牌桌坐了一通宵，坐得赌虫们都开始呵气连天。

她看了看墙上的表，已经是早晨七点了，运气好还挤得上最近一个车站的早班车。

这一通宵的酷刑折磨得她七上八下，恨不得马上找个借口逃回那个大鼻子老外的地下室。

秋梅和老阿华没少为她的事吵，赚了钱的第一件事她没给自己添几件好衣裳，为了让秋梅省省挨臭骂，都交了下半年的房租。

一切都和她在车上和刘诺东扯西扯的闲聊大相径庭。

她自己也不知道为什么学会的第一个求生技能是骗人，显然还没来得及学会自圆其说。

她说自己是从十八线小城市来的学生，姑妈家勉强有个空房间可以睡，读到毕业可以找个安稳工作，自己搬出来住。

刘诺话不多，努力从不经意间塑造出个清白背景的她反而一路占领了话语权。

他一边嗯嗯啊啊地回应着，一边偷看她画蛇添足的天真样子想，这姑娘突然可爱起来竟连她自己都不知道。

现在他控制不住地拔腿尾随那个"落荒而逃"的马尾辫。

人和人之间的磁场真奇怪，他不好奇她隐藏了多少所谓的秘密，他现在只想送她回家，就像在那雨天里一样。

她看着突然西装革履人模狗样起来的刘诺，正跨过别的牌桌上歪七扭八的客人朝她走来。

"我送你吧，正好还记得路。"刘诺步子晃得有点儿瘪，笑得有点儿小心。

她想起了林长沙，那年在操场上也是这么朝她走来。

如果说林长沙是未经打磨的她放不下的一个影子，在刘诺身上这个影子又重新活了一次。只是换了一种更具悲壮色彩的方式，将那种"英雄主义"延续下去。

或许只有她，才能体味出他的另一面：无所畏惧地和生活讨价还价，就像当年敢没皮没脸立在她旁边一起挨罚的长沙。

突如其来的对比让她不得不承认，刘诺骨子里有几分也该像林长沙一样直率。只是长沙注定要活在平淡温暖里，不长什么见识就不必付出什么劳苦；而刘诺和她一样，冥冥中被动做出了相反的选择。

"我不是留学生。"她坐在台阶上漫不经心地用手在灰尘里乱划着道儿。

其实这个时候有人从面前经过大概能看到她表情已经有些狰狞了。反正好的赖的都给你看，满不在乎是因为她把豁出去的痛都压个半死不活。

"我知道。"刘诺蹲在她旁边抽烟，这个角度她垂下来的长发正好藏住了所有情绪。

"我也不是——"

"我知道。"刘诺又抢在真相揭开之前已经脱口而出。

他眼睛一眨不眨地望着她，把她欲言又止又好不容易都抖出来的难堪都哄回去。

也是这种眼神让她头一次觉得安心，她再也不用担惊受怕地躲在阴影里扮演出那个伶俐、精打细算、对谁都一视同仁的角色了。

他全盘接住了她从自卑里滋生出来的虚荣，像宽容了这么大一场被孩子自导自演的闹剧。

　　她不敢想明白自己其实是渴望有这么一个人出现。两个都不知道来自哪里的人却在鬼使神差的境遇里，萌生出了最真切的奢望。

　　奢望被理解，超越了奢望被爱的前提。

三

贾铭要是有机会参与少女霭昕重塑的那个过程，就会理解后来刘诺的抉择有很大一部分属于"成全"。

郝秋梅的死对陈霭昕来说，象征着她要提前一大步被迫踏入荆棘，削尖脑袋从豺狼虎豹嘴里抢饭吃。陈霭昕渐渐习惯了一周三天在档口轮夜班，剩下的时间都被压缩在烧腊店里。

陈霭昕夹在早期的惨烈和后期的秩序之间，她该庆幸见过血的不公道已经被前人趟出一条路，除了脏累她没有更不干不净的选项。

但恶总是推陈出新的。她永远记得那双涂着恶俗指甲油的胖手，毫不犹豫地揭开少女霭昕的遮羞布。

唐人街上挤满了五颜六色的门脸，招牌都上上下下歪七扭八，愣是把五湖四海的特色都拼凑成一个腔调才能和平共处。

夹在唐人街角落里的小门脸不需要工签和身份证明，劳动和薪水也总是不成正比：发黄的玻璃窗子上贴着"午市特价""滋补糖水"等字样，五六张小方桌就放满了，歪歪身子就能面贴面。

老板和老板娘是一对广东夫妇，在陈霭昕没来之前，每天早晨六点起床打扫卫生、擦洗菜台，给生鹅、生鸭刷酱料。一只只红扑扑的肉坨倒挂在厨房通风口，角落里安静站着几只看不出颜色的铁皮桶，里面是酱料和乌漆卤水。空气中常年弥漫着烟熏火燎的酱香味儿，是陈霭昕仓促开始成长的青春期里抹不去的味道。

斩好的肉码在卤汁里，她帮着挨个儿从格子里组装饭，酱得火红的烧鸭和烧鹅孪生兄弟一般叠在白饭上。

"嘿！天天看都分不清烧货哟？又不是没吃过！"

裙子兜不住一包油的老板娘和老板像故意逗人发笑的双簧，一胖一瘦，一唱一和。两双绿豆眼死盯着额头窜出虚汗的霭昕七上八下地操练着烧腊，偷笑出两坨一模一样的鱼尾纹。

其实那年代从北方出来的人头几次大多都不懂烧腊的名堂，但却在少女霭昕的心口上落下一块尖石。

那句逗乐不知怎的，越细品越发觉被沾上了几分带嘲弄的优越感。歧视和排外都源于无能，无能改进只好乐于对比，于是无知便也成为一种无能。

她本以为只有不同肤色、阶层才排外，没成想在不到十平方的天地里她倒是个"门外汉"了。在他们眼里，她的一口乡音和不识烧货就是原罪。

霭昕熬到月底领薪水那天，磨蹭到快打烊都没人提这茬儿。

老板娘看透了她小九九似的，旁敲侧击地戳弄她："你可知我们敢用你就是在帮你哦？"

五根油香肠般的手指在柜台上漫不经心地敲着，有两根环着真伪难辨的金戒指。

她看了一会儿油香肠又抬头看着老板娘漏在脑门上的油卷毛，鸡啄米一样傻点头。

"天天有吃有喝，有活做，我们帮人帮到底，是不咯？"

她不点头了，低头扒拉着指甲旁昨天长出来的冻疮。天天浸在脏水里，手上疯长了大片湿疹，经常好了半层又盖一层新的。

老板娘正试图给她洗脑，给没道理的冻疮和疹子都扣上合理的理由。

居高临下的形势像极了那年在校门口罚站，这时她又变回那只海螃蟹。

"下月我不来了，这月的……"

"这月你一顿不落吃掉了多少？不是帮你这么给你吃哦？"油香肠立马不敲了，控诉一般指到她鼻子跟前。

霭昕闻到那根手指上有股一辈子都去不净的荤腥味儿，嗓子一阵憋闷的翻腾。

话说到这份儿上，她摆明了白给人做了苦力，苦力也不用费劲巴拉念人好。原来歧视是种毒素，他们一开始就硬给你埋下了这颗歹毒的种子，所以欺侮都不叫欺侮了，那叫你不识好歹。

她想明白了，眼眶里渐渐蓄满两团清醒的火焰，压得她抬不起头。她从小就不爱在外人面前示软，秋梅曾经也骂过她的牛性子："打碎牙往肚里咽，作死哟！"可她特别怀念秋梅的骂，听上去恶毒的批判是替她自己心疼她，不过脑子地心疼。

油卷毛翻着白眼欣赏着陈霭昕逐渐低下去的头顶，认为自己的逻辑成功攻破了她的"叛变",因为陈霭昕正乖乖转过身去,像以往准备干活时一样。

正打算让她回后厨帮忙,突然听见一声巨响,门上"欢迎光临"的吊牌被摔得翻了个儿,回过神再看时,店里已没有了叫霭昕的杂工。

傍晚她蒙着刘诺的被子,窗外飘来稀拉的雪声。

被罩散发着放多了洗衣粉的化学香。在这家里什么都违和,一个太久没有女人活动痕迹的家,洁净得过了头就显得冷清。

她也没想清楚自己是以什么角色突然融进了这冷清里,至少她知道刘诺是愿意的。

他愿意不吭声地让她融进来,她才得以睡场好觉,不必为了躲房租在档口的小厨房里饱受折磨。

下午在路上时,刘诺有一搭没一搭地聊着,车却由他意愿生生地朝另一个方向开去。

陈霭昕跟着他老大不情愿地进了门,余光滴溜溜地巡视了个遍。

狭窄的过道连接着客厅、卧室和洗手间，酱油瓶支棱在池子边上，厨房是开放式的。

房间里只有一张大床，刘诺的脚比她的巡视更先一步踏了进去。

她直直盯着黑豹子宽厚的背，心里咬牙切齿地恼自己。贪谁的便宜不好，这下可贪到了狼窝里。

"我要回家！"她一耷拉嘴角露出半排碎牙，恶声恶气地抗议。

"回哪儿？"刘诺直截了当地装傻。

"从哪儿来就回哪儿呀！"她瞪着他的方下巴，担心他一不小心犯浑犯到她头上。

刘诺自顾自地从柜子里抽出条毯子，枕头方方正正地垒着示威。

她后来也总结出一个规律，但凡有他不想回答或者懒得去接的话茬，他就把自己当聋子，边装聋边和你对着干。

"住这儿吧。"

"那你睡哪儿？"她也清楚现在再回地下室蹭着，大鼻子得好好和她刁难刁难，但嘴上还不饶人。

刘诺没理她，依旧是一张一板一眼的凶脸，手上的动作却是轻柔的，把房间门带好去打他的沙发铺。

陈霭昕这时发现自己一点儿都不怕他的"凶"，第一次见他时就不觉得怕。除了这张脸，他身上其他部分都有着更丰富的情感，全刻在了一举一动里；只是这凶已经长成了他的另一层皮，不管动与静都乖乖待在脸上。

一觉睡醒已经是下午了，刘诺一般都在这个时候去档口清账。她低估了闷葫芦的套话功夫，不会说话的硬是从会说话的那个嘴里挑拣、组合出大实话，明白了来龙去脉的闷葫芦一大早就出了门。

刘诺出现在档口时，三三两两的老牌客正从地下的小门钻上来，通常盯晚班的这会儿也该回家睡觉了。

他的出现把在圈椅里打盹的铭哥唬得睁大眼，"嚯！来这么早干什么？"

铭哥看他拧开抽屉的锁提出来个家伙式儿，又问："这么早你去哪儿？"

"收账。"

一般去收账会备好家伙，大多数情况是家伙式儿给他们撑了腰，都不需要狐假虎威地晃人眼。不想他正把弹壳从枪盒里剥出来。

铭哥翻着瞌睡的眼皮仔细算，最近没有谁的账犯得上这么清。

"再带两个吧？"

"一会儿就回。"刘诺只给他看后背，大半个身子已经朝门外跨出去。

陈霭昕正匍匐在地板上试图清理掉一块陈年污迹，一阵钥匙转动锁孔的声音惊得她一个跳脚跳回房间里。

门开了，刘诺在门口踢踢踏踏地跺掉鞋底的脏，挟着外面的寒气。

他从夹克衫里摸出个信封丢在桌子上："你的钱，我数了。"

她正顾着反手系好脖领后面的扣子，大卖场里的打折品总有千奇百怪的设计。

房间门半掩着，他似乎头也没抬地瘫在沙发里，那句话像在通知空气。

她整理好衣服站在门口，闻到他身上又新添了很重的烟火味儿。

刘诺从档口出来，他看看表，是早晨八点，开车去唐人街要一个小时，正好赶上开门。他不知道自己怎么了，从来没人让他这么不计后果地积极过。

他把车停在离铺子很远的位置，一切都驾轻就熟。

上次去帮铭哥收账是个雨天，从那个雨天开始，刘诺发觉他和以前不一样了，他为自己多起来的人情味儿而失措。

小档铺的老板头疼死了。刘诺吃完叉烧饭把盘子一推，那饭分量足得很，青菜浇够了卤汁，沉甸甸地被搅动、吞咽进一条心事重重的喉咙。

该买单的时候，他没声响地掀开门帘走到后厨，比他矮不止一头的老板正鸡崽子似的忙碌。

换之前他想都想不到就是这鸡崽子，自己被压榨干了没了人形，又去压榨别人，况且是个不比他壮实到哪里去的小女子。他已经把一份叉烧饭的钱有零有整地放进托盘里，现在该是他和鸡崽子好好算算账了，他顶擅长盗亦有道地算计。

他把家伙儿一端隔着衣服顶在他的后腰，鸡崽子以为自己要来个开门红，大清早被打劫了。

"别大声叫，外面没人，我是来拿钱的，之前在你这儿打了一个月工的那服务员记得吧？当初你和人怎么说的来着？一分钱不要就能给你卖命啊？"

刘诺手上没使劲，隔着蓝线衣他能感觉到鸡崽子从骨架里发颤。

"别……别走了火！你是她什么人？我们都说好的呀！她怎么不来拿咯？"又从盆腔里强挤出些不成调的控诉。

"招黑工就能不给钱？报了警又能如何？以后每天早晨来这儿吃一回，吃够工钱你算算要几天？"刘诺脸上没动静，粗嗓子已经被久违的正义激起的愤慨夺去了一多半理智。

要是杀渣滓不犯法，他早把穷鸡崽子放了血，像他那些躺在案板上没斩完的鸡、鸭、鹅一样仔细剁巴剁巴他。

穷就是恶的理由？他承认自己恶，但他不稀得玩那一套。

鸡崽看他不是来打劫的，倒有丝劫后余生的窃喜，这一窃喜让他敢于直面处境了，说话声音也不被五脏六腑屈着。

他忙不迭地从一堆零钱里翻找出大面额的，边数边说："一个小时说好了的嘛，你看看我这店也不赚钱的，当时也是她求得紧哦，多养一张嘴吃饭我何必的嘛！"

刘诺眼神跟着他两根指头点，过清楚了账就撤掉了压制他的家伙式儿。

他看着好不容易会喘大气的老板，突然笑出来："你看，早和你说我是来代领工钱的，你以为我拿枪指你啊？"

说着从兜里伸出来三根爱起老茧的铁指头，又补充道："一早儿就和你说报警没用，小孩子的把戏，得啦，你忙吧。倒是你，得小心我前脚出门就不认识你啦。"

走到门口刘诺感到浑身通透，比穿堂风更让他舒爽。

回头看看呆立在帘子外的鸡崽子，他正懊恼的垂着头，像一朵折了颈子的老花。

他去广州之后经常会想起当年那个自己，是二十岁的陈霭昕突然闯进他的生活里，让二十四岁的刘诺从麻木中看到了他一直瞧不起的期盼。

期盼每天从档口回家打开灯沙发上总有一个熟悉的人影，期盼两双拖鞋亲亲热热地靠在一起，甚至期盼他不得已越滚越大的一身业障都可以和生活一起被温存。

"那个老阿华死啦。"铭哥边算账边说。

"可惜了欠一屁股钱没法追，听说和他同居的女人吞了药也死了，有人报了警。"

铭哥把筹码收到盒子里，这才慢条斯理地抬起眼看着他。

刘诺闷声把脏茶杯刷回原来的颜色。

"那女人是假结婚来的，连身份都没有，放心啦警察查不到这儿。"

听到这儿他两条浓眉毛中心才蹿一下。铭哥早习惯了他总是闷葫芦样儿，一向对做事以外的闲聊都不上心。

刘诺也没有身份。他都不知道自己算什么，在浑浑噩噩里捞油水也捞了个饱，是好事，哪天真出问题了大不了躲去另一个地方。铭哥当年这么告诉他，让十七岁的他逐渐断了其他念想。

现在这样也挺好，至少早被赶回老家的爸妈不用再看人脸色，后来打回去的钱够全家扬眉吐气一大把了，也算是圆了场淘金梦。

他记得陈霭昕那天头一次喝得大醉，用不地道的四川话问候了老阿华的祖宗十八代。

陈霭昕泡肿了的丹凤眼有一部分活着秋梅的影子，急了也会瞪圆了把苦难都数落成不公。

那时他才认定，自己失手做了多米诺骨牌阵里的操盘者，两个女人的债都在他手里，欠哪个都是一样多。

他给醉成一摊的陈霭昕盖上被子，低头看着这张累惨了的脸在酒精催化下强行睡得安安稳稳。

一个翻身她梦呓一般吐出一串模糊的呢喃，本就是个没出落完全的小女人啊，酒精的孵化将她未长成的部分归了位。

他凑近想听清她在说什么，或者他更想从间断的梦话里找到几个月来朝夕相处过的痕迹，来提醒自己因她而活过的日子都值得两个人推心置腹去难过。

突然，他听到一个清晰的词："回家。"

公寓落地窗外没心没肺一整晚的灯火都溺在了这场镜花水月里。

它是亘古不变的魔咒，词典里所有七扭八转的组合都抵不得。

刘诺离小女子和这魔咒如此近，他做了一个下意识的动作——他的嘴唇在她紧闭的眼皮上轻轻停留了一下，轻得可能连吻都算不上。

但对于他，魔咒、她和下意识的接触都是胜似男欢女爱的亲密，不必从皮肉里绽放出欢愉。

他听懂了从她灵魂深处传递的那句渴望，他也因这渴望彻底释放了另一个刘诺：刘诺的下巴上挂着一滴泪。

所有业障都是轮回。他不后悔自己误打误撞害死了阿华，他后悔自己下手没再重一点儿，让阿华的死不瞑目都算到他头上。

要知道原本他也不配有这么多温情，一个愿意给别人当半辈子的亡命徒的人是学不会好好道别的。

四

唐人街上一家粤菜馆的生意出奇好，来吃饭的都是熟客，吸引人的不是菜色是老板。捧场的都是五湖四海的"江湖人士"，老板铭哥五十出头，是早一批老华侨的领头羊，一口广东腔的英文仔细听下来也挑不出什么毛病。

营业到凌晨四点，服务员都是轮班倒，难免有客人喝多生事，小昙最会看眼色，总是被排在最晚的时段。

小昙第一天来试工差点儿犯了错。她听别人说这里招工不需要看很多证明的，老板娘话不多也从来不当面责骂哪一个。

结果一进门就晕了头。嘈杂的人声混着海鲜热腾腾的蒸汽，光是金碧辉煌的花瓶和壁画就占满了眼，几个围着白兜子的服务员一人托着俩大盘子你擦过去我挤过去你，汤水半点没漏下来鼓点似的落在该落的桌上。

这些都叫十九出头的小昙开了眼，原来服务员也得练就一身铜人似的本事，关键时候还得像陀螺似的转起来。

她换了身衣服出来浑然也感觉自己是陀螺大军中的一员了，观摩了一会儿跟在别人后面仿佛多了重保护，也能左举右送地旋转在这一片热闹天地里。

结果还是搞砸了。

有桌客人点了金沙龙虾，龙虾带壳裹着面粉咸蛋黄炸出来，是每个以海鲜为主的粤菜馆必有的招牌主菜，就图个好彩头才堆成金山的模样。

厨子千叮咛万嘱咐盘子油可别脱了手，小昙连声应着心思早飞在了龙虾山上，这么大一盘不知道要用掉多少个咸蛋黄呀？

正想着，一个擦边盘子已经歪了，扯得小昙也本能地朝向一边倒，那么尖的一座金山突然之间就被肢解成无数个秤砣溅在地上。

一下子周围喝酒、吃饭、划拳的都不吵了，小昙端着空盘子满脑子发蒙吓得眼前也冒起金星来。这一地狼藉她不但买不起单，还要挨多少人的骂。

这桌的客人男的多女的少，看上去年纪很大了都是老移民的样子，桌上开了瓶红酒，小炒都齐了就等着这盘主菜下下酒。

小昙看得明白这场面，在领班过来前她早调整好一脸的笑，蹲在地上收拾起龙虾残骸，一边捡着一边说："第一天上班就给大家散财了，小昙请哥哥姐姐发大财呀。"

点得起自然也不会计较这一盘海味撒了，大不了再做一盘多等等，何必为难一个刚试工的小姑娘。老哥哥们本来一肚子的埋怨，看着手脚利落收拾着残骸的小昙气便消了一点，再仔细瞅瞅这小妹笑得多喜庆，圆鼻头和嘴角满满都是诚意，于是听完这话一桌人都笑了。

赶来的领班见状也乐了，顺势端来两杯酒，"新来的小妹以后可不能总请大家发财呀!"

清扫地板的时候，这一场热闹被坐在最里面的陈霭昕看了个透，她心里有了主意。

小昙身上有股劲，天真活络能随机应变，又不招人讨厌，愣是把荒唐强扭成出戏，这样的年轻女孩再打磨打磨，活脱就是另一个小霭昕。

小昙留下了，工资比别人高些，她主要负责招待特殊包间的客人们，那些人都叫她阿昙。

算下来小昙上班也有些时间了，特殊包间一礼拜空三天，周末最忙，要换两批客人。

她暗暗观察过，他们的账单老板娘都自己收着，每次都是陈霭昕亲自带进来吩咐她招待好。

预定这个包间的不像在散座开红酒嗑海鲜的那些人似的多事，更多时候她就在散座和其他包间递菜。

小昙收拾起脏盘子送到后厨去，突然看见陈霭昕在洗手间门口笑笑地看了她一眼。

陈霭昕对着洗手间的镜子整理着头发，镜子里的女人看着不过二十七八，只是懂行的人会发现粉底下透着几丝病态，顺着眼神往深处望下去是一片不痛不痒的空洞，纤细的体型和下颌好看的弧度抬转之间都是个谜。

她看着洗手间亮得晃眼的水晶烛台嗤之以鼻。如果让她重新装修，她会换成檀香木配薰衣草蜡烛。之前她就和铭哥提过，那个只晓得"喜庆""富贵""金碧辉煌"的男人，连在烛台的选择上都和她不能有共鸣。

想得出神时，她突然瞟见从包间端盘子出来的小昙正一脸狐疑地看着自己。

她迎着那束狐疑的目光笑回去，青头愣脑的小昙有时像极了结婚前的她自己。

不知从什么时候起她越来越不喜欢回家，盯到最后一个服务员下班了她才慢吞吞地记好账。

粤菜馆的兴旺才是她的精气神，别人眼里玻璃珠似的到哪儿都能打成一片的陈霭昕总是旗开得胜。

她害怕每晚回家看到那个被"掏空"的贾铭，他很早就不做档口的营生了，却一年比一年精瘦。

一个人青年时遭的罪会刻进以后的岁月里，变成一种物质喂不饱的饿。她怕极了这饿，饿把贾铭的啤酒肚都啃噬空了，她每靠近他一寸，它也顺着她的血液活活点化出另一个陈霭昕。

贾铭从没提及过年轻时的发家史，否则她说不准也会爱上那些故事里的少年。

少年叫阿铭，个头不高却浑身是劲，火暴脾气让欺负他的流氓们总白挨他拳头。他什么都卖过，实在不行就卖力气，脚上唯一一双左右码数一样的鞋是从醉汉脚上扒下来的，碰上天儿冷就顺手拎起他们东倒西歪的酒瓶往胃里倒。不被冻死饿死就是体面，少年渐渐在贫民窟混出了名堂。

他的故事太长太长啦，长得自己都懒得提，被省略掉的是也一团热血过的阿铭。

或许他和陈霭昕互相的"不懂"里需要用彼此的痛处连接，但就像陈霭昕不愿意承认少女霭昕一样，他也不愿再从废墟里挖掘出少年阿铭。而他们看上去固若金汤的婚姻，只是一蹴而就的章程。

他什么都安排好了，盘出去了档口，那晚才告诉她，他打算开一个小饭馆。

像他们的结合一样，他从来都不急，在他的节奏里爱和活都不温不火。

然后呢？

然后我想问问你，贾铭慢慢地说，边说边往她眼里看，你愿不愿意……

陈霭昕记不得她的回答了。但从那晚开始，她真正意义上彻底告别了少女霭昕。

半秃的贾铭当时不秃，比后来还再胖些，穿上好料子衣服也有模有样。

可在她生命中狠狠划过一道痕迹又消失不见的那个名字才是她的避风港，她也问过自己，何苦呢？

她听说的版本是刘诺在一次严查里被遣返回国了，铭哥还算够义气，安排他在广东看场子。

逐渐认命在时间洪流里的刘诺令她觉得陌生，她的记忆永远停留在正经起来比谁都较劲的"黑豹"刘诺，别人不配和她共享那样的刘诺。

后来的故事就像一个漩涡，一个安排好的宿命，早在一开始就注定要悲鸣。

五

这是最好的时代，也是最坏的时代。

没读过几年书的刘诺看见这句话是在广州一个破落书摊上，一个满嘴烟牙的和蔼老头一边递给他红双喜一边向他推荐新收的旧书。

刘诺很久没有看到过这个点的夜景了，来了广州之后基本每天十点以后他都坐在场子里看着灯红酒绿和痴男怨女发呆。

一个被生活推着走的人慢慢都会习惯某种千篇一律的生存模式，却很难调动起打怪升级的激情。

他不认识狄更斯，唯一放在脑子里的著名作家好像是小学时候走廊里贴着的那些名人名言。他喜欢鲁迅，尤其那句"横眉冷对千夫指"。每次想到这句话他都想起在大洋彼岸讨生活的时候，至少那时候的他还有一腔血性去指责生活的不如意。

老头用皲裂发黄的指头戳着封面告诉他，这是俄罗斯的鲁迅——狄更斯，大名人，写得能不好吗？

他对这些文绉绉的玩意儿不感兴趣，看见老头颤颤的嘴角倒是多了几分同情，一边接过烟一边摸出一张二十元票子晃晃示意不用找了。

刘诺坐在广州北京路步行街边上随便翻开一页，南方城市的四月总是一片歌舞升平的微暖。

原来这什么斯是英国的，他笑着摇头，接着就翻不动了。

藏在心里一直有一个感性的他，矫情起来可以让他自己都害怕。他想他会记住今天难得的夜色和这句话。

谁能定义一个时代的好坏呢，这个命题从一开始就好像在捉弄你，就像正反善恶总是永无止境。

刘诺从没想过这么深奥的问题，他只相信最灿烂的阳光背后总有段灭性的阴暗，对于他而言最好的时代就在某一天突然和他翻脸了，把他引向另一个无法窥视的深渊。

九十年代初淘金热已经到达了一个新的高潮，最著名的就是"金大通"，据说十万块就能给一个穷鬼一张黄金天堂的门票。

十一岁的刘诺记得那艘轮船，大家都行李简单风尘仆仆地团在不透光的暗舱里，看船的男人虎口有个黑蝎子文身，话不多，开饭走动都要用粗嗓子催你。

刘诺经常半夜偷溜去靠近甲板那边数船底下的水纹打发时间，妈和他说这是一场旅行，海那边有个可以遍地捡金子的国家，再熬熬就能让他坐小汽车上学了。

他从小挨打都挨皮了，不怕那几个轮流巡查的文身大汉踢皮球似的拎着他脖领子打转，唉声叹气的女人和各怀心事的男人都让他莫名烦躁，只有在大家都熟睡的时候属于他的旅程才刚开始。

"咳，咳——吥"是船上常有的声音，尤其在半夜，冷风和浪声顺着缝隙直钻进人的脑壳里，吵醒了看船的不免又是几句凶狠的大骂。

饥饿和湿热导致病毒肆虐，船上定期会有一两个咳得实在惊人的被拉出去"治病"，刘诺缩在秘密基地看个一清二楚。

他也经常发热，躲在爸妈身后不敢出声，生怕一个不留神就被拎走扔进黑压压的水花里。

不见天日的生活不知道过了多久，终于有一天，一路上嗓子不知道吼哑了多少遍的"黑蝎子"打开了暗舱的门，反复向他们叮嘱入境的各种状况和问题。

那是一九九一年的夏天，大家伸长了脖子朝外面张望，阳光晃得刘诺他们直出神，每个人都面带喜庆的菜色。

这应该算是最好的时代的一个开端了，少年刘诺后来已经记不清之后他们是怎么被分配到各个角落，心照不宣地开始忙活起自己的淘金生计。

有的腿脚利索的开始给不起眼的小门脸送快递送外卖，谁也不觉得压榨薪水是件了不起的事，要知道在加拿大这片土地只要有活做就有了摇钱树，不起眼的几加元都能在脑海里兑换成六倍多人民币现金。

偷渡过来的大多数人都欠蛇头昆哥一笔巨款，无所不能的昆哥是他们在大洋彼岸能看得见摸得着的衣食父母。

源自骨子里的贫穷将会慢慢被转化成真诚的奴性，有专家给这种魔术一样的转换下过学术性定义：斯德哥尔摩症候群。

无数被绑架者服从并神化绑架者的例子可能不被常人理解，然而在这名词还没科普进文章资料里的时候，偷渡客和蛇头之间就已经滋生出这样的情愫，他们的利益甚至身家性命被无形中绑在一起。

那么这样的光明远景是从什么时候变成地狱的呢？是从某一年严查里唐人街上动辄就被拽走检查、驱逐出境的哭天喊地里，还是从和看不出肤色的流浪汉在垃圾桶里夺食时开始？

或者可以说在他彻底被驯化成另一个黑豹刘诺之前，这些汹涌的暗流就已经在无声冲击着这个黄金时代，每个人都在旁人的落魄里隐约看到了自己的噩梦。

刘诺的爸妈拼了命想攒一笔钱，找昆哥给一家人正式落个户。然而当时游说他们来的"神仙"甚至连重新欺骗他们的耐心都没有了，那些没有文字凭证的欠款以一个月滚一次利的速度疯涨。

每年费劲往这些地方变相贩卖廉价劳动力的昆哥也觉得委屈，怎么这些人都在发财梦里醒不来了，个个都贪得无厌得让人可怜。

遍布在最底层的"黄色蚂蟥"每个月都有倒霉的一片被无情铲走，谁都不会在意这些活得无比卑微的流动人口将会被扔在哪儿。

如果有一个正大光明的身份，他们说不定都是教科书里勤劳度日促进国家发展的"工薪阶级"，有些甚至够得上劳模的称号。爸妈起早贪黑，白天当苦脚力送快递，晚上还得当房东免费的清洁工。胖房东的麻友们坐一桌搓牌理所应当地吃喝："欸，这儿的瓜子皮儿要挡我财路咯，扫扫咯。"

刘诺打小就看不起天天同样浑浑噩噩混在社会底层，却乐于在对比别人中培养出一身富贵气的"蛆"。他们还不如蚂蟥呢，只知道在腐烂里捡肥缺。

黑豹是刘诺最喜欢的动物，他不喜欢别人叫他古惑仔。从小没人教育过他路该怎么走，他只知道他必须得像黑豹一样在动物世界里撕杀争夺才能生存下去，那是人和动物的本能。

在恶劣孤独的环境里孕育出来的人，不是对恶随声附和就是藐视恶。

他记得第一次见铭哥，那年他十七。如果这个世界真有因果报应，刘诺想，铭哥对于他就是这个模糊时代里的摆渡人。那些明亮得不真实的浮影都被超度了，连同那个十七岁摇摇欲坠的灵魂。

铭哥是很早一批偷渡客里最"剑出偏锋"的一个，当苦力没熬过几天就被喋喋不休的老板烦透了，于是第二天满世界喊"阿铭"的老板看着满地的断桌子腿儿直跺脚。

他跟着一帮黑人满街兜售过走私烟，也挤进偏僻的酒吧里推销过药丸。慢慢厮混、磨砺出一身"本领"的少年阿铭，游街串巷混进叫不上来头的小门派里帮人凑数打架，饭钱总是够的，有时候还能富余出来一袋子散烟。

当少年刘诺贼眉鼠眼在赌档门口晃悠，铭哥一眼就看出来这是个野惯了的料，天不怕地不怕。

这种私人赌档都藏在小商铺的楼上，按楼下的铃看见熟脸才给开门。楼下是个推拿店，一对老夫妻天天在店里吃住给人正骨。

刘诺已经几天没吃饭了，细看他一脸刚冒芽的胡茬，他踩点了一段时间很快研究透了这店生意冷清，晚上十点准关门，附近是一片汽车修理厂，方便脱身。

抢不到钱就抢口热饭，被逼上梁山的少年做这个决定只花了一根烟的时间。

前两年严查严打搞得凶，一次回家他眼瞅着房东操着蹩脚的单词和警察解释：不知道这俩人什么来头，拖欠几个月房租也没地儿说理去！胖女人诉苦诉到情深处还要从厚眼皮里甩出几滴眼泪。

他真想冲过去拉住那些人模狗样的一通狠揍，血液只往脑门冲，腿像上了发条随时准备弹射出去。

猛地两个便衣一侧身，他看见了哭丧着脸的爸妈一把鼻涕一把泪，只看得清两个瘦小、靠在一起的绝望身影被拉扯着。

窝藏了快六年的刘诺第一次憋着嗓子哭，有一股力量俯在耳边催促他赶紧跑，两个人挨流放总比三个人浪迹天涯好。

冥冥中这股力量也暗示他，他们是希望自己这样做的，留下这么大一个撕心裂肺的指望，就是为了圆这场做了一辈子的黄金梦。

于是破了一层茧的少年不再犹豫，只要认准了一件事就指哪儿打哪儿。

他在楼下往推拿店里张望的样子让正在看监控的铭哥起了兴趣，这样不要命的苗子稍微培养培养就是一枚好子弹。

这些陈年旧事让他想得出神，他不知道今天为什么这么反常，像是在提前和什么做告别。

在刘诺坐在步行街抽烟翻书的时候，两个便衣已经尾随他很久了。

刘诺，现在化名曾海，曾和××夜总会王姓股东勾结，诱拐童工在其娱乐场所打工，设法买通地方腐败警员。随便落实一项罪名就够他蹲几年，都蹲一遍就遥遥无期了。

不知道换过多少个假身份，多少个落水的狗腿子给顶过罪，明着他是夜总会经理曾海，看不见的暗影里他是分过几次身的非法分子刘诺。

这个危险人物此刻正安静坐在马路牙子上翻一本狄更斯短篇小说集，便衣不知道要不要立刻冲上去把他带走。

正在他们一个犹豫出了神的时候，刘诺——不，他现在是生意人曾海，已经站起来走进了步行街的人群里。

不慌不忙走了一段后，在一个嘈杂的摊子前，曾海假装和摊主说话，扫了一遍周围，两个便衣正挤过一个又一个人头朝这边反复打量。

他脱下西服外套给要钱的乞丐披上，在乞丐麻木的道谢里从快走变成了狂奔。

说真的这么多年他腿速一点都没变，仿佛还是当年那个经常躲着警察满街跑的少年。

迎着耳边渐渐放大的风声，他认真看了看这座不知不觉温柔窝藏了他十几年的城市。脑子里掠过了很多画面，都是那个感性的自己当宝藏的片段。

比如那个雨天一片车水马龙里的女孩，小时候过年粘在筷子上的烧肉；再比如他其实想有个家，让这个有热度的刘诺和油画里的姑娘可以光明正大地牵肠挂肚。

一切都将融化在早春的凌晨十二点前。

六

小昙是土生土长的本地华人，可能时间太久她也忘了上一辈是怎么举家换了根。

陈霭昕在她眼里是个漂亮神秘的狠角色，背后有一个光怪陆离的世界，引得小昙总是不自觉想往里张望。

从她动了好奇张望的心思那天起，就已经中了看不见的魔障，诱惑会让一个人失去原始的平衡感。

陈霭昕一面用这样的魔障引诱她，一面又实打实做足了戏码对她好，时不时也会过来人一般点拨一下她，往往她的提议总能说到小昙心坎里去，也是百分百奏效。小昙这么琢磨着，心已经偏向了这边。

她俩逐渐打得火热，陈霭昕有看顺眼的裙子、小物件都不忘给这个妹妹留一份。

她开始向小昙灌输不同的价值观，女人青春就这么些年，她就是吃了亏，没早跟对好男人，才讨生活讨得一身脏累，小昙理所应当得趁年轻让自己什么都占好的。这似曾相识的口吻像极了从前的郝秋梅。

再有人在包间里找机会调侃小昙时，陈霭昕便一本正经地通知他们："这是我表妹，还是大学生呢！怎么？我就不配有个大学生妹妹？"

小昙心里直打鼓，她也只是个技术学校的挂名生呢，从陈霭昕护短似的贴金里她听到的却是个不一样的自己。

她打扫卫生时对着洗手间镜子和里面的小人儿对视着，发现自己竟是受用那些添了料的"实话"的，不然她怎会看这么久？边看边研究小人儿的一抬首、一转身，试图从里面挖掘出另一个光鲜的、大家都喜欢的小昙。那个小昙和她一样有着耐看的圆脸盘儿，眼神明亮，发际线像一小段茸茸的远山。

唯有肖晓看不惯陈霭昕的做派，他觉得还是原本的小昙顺眼，实打实地招人稀罕，用不着被刻意摆弄出姿态博别人青睐。

肖晓从后厨犄角旮旯里拽出来一辆蓝色脚踏车，他上下班都骑它，后座上架了个厚毛线垫子，顺道也能接送小昙。

之前蹬脚踏车的肖晓是快乐的，他喜欢夏天傍晚下班时扑在脸上作痒的暖风，喜欢趁小昙不注意猛地加速，俩人被风裹着一前一后地尖叫。厚毛线垫子最近空了快半个月了。

小昙后来总坐一辆奔驰走，陈霭昕有次放下车窗喊他："小肖！"他正拿抹布裹着手抠车梁上的污点子。

"下班不用忙太晚，按点儿回家啊！"

"欸，这就准备走了。"他连声应着，目光从地面偷偷长在了陈霭昕的奔驰车屁股上，他不觉得这车屁股多迷人，迷人到让小昙在车里看都不敢多看他一眼。

肖晓擦干净车镇怔怔地定了会儿，心里总不安生。他直觉里陈霭昕并不像小昙和他描述的那么善解人意、处处为她着想。

刚刚放下车窗时他明明看到陈霭昕眼神里的不屑，但从两片晶亮嘴唇里落出来的却是一句恰到好处的嘱咐。

不屑是让他明白，他是沾了小昙的光她才这么"关心"他，他也不掂量他配不配？

肖剑的担忧爆发在圣诞节前的那个礼拜五。

后厨门口堆满了圣诞树，个个都仰面朝天地躺在地上等人给扮相。肖剑和几个男帮工绣花一样掂起一串彩灯，稍微手粗点儿就会捏出一指头浮渣。它们也就看着沉，手一摸上去就知道全是泡沫和刷了金漆的冒牌货。

肖剑心想，也倒是很符合陈霭昕一贯的风格，面子工程可以不要里子，但务必要惊天动地。

一阵蹿心的香水味儿从他身后绕过来，一回头，小昙正笑嘻嘻地看他掂彩灯，有好一会儿了。

"嗬，你周末要回家过节啊？"肖剑小心地瞅着她的眉眼，怕一错神把太精心打扮便显得易碎的小昙看化了。

"好看吗？"小昙歪着头回敬他。

肖剑斟酌着措辞："其实原来那样也挺好，更健康，有活力。"

小昙听了一半，眼神跑到了门外的停车场，陈霭昕正朝她招手。

"你不回家？不回家干吗打扮？你晚上要去哪儿？"肖剑一着急，连环炮似的追问。

小昙生气地皱起眉，刚要反驳又吞回去，她之前从来没发现肖剑这么迂。"迂"和"土"一样，都是她费老大劲修饰没的。

她这次坐在副驾里没有再朝窗外探。

陈霭昕夸起人来可比肖剑大方多了，直夸她今天漂亮死了，夸得小昙都有点儿不好意思地飘飘然。

晚上她的确有安排，陈霭昕下午神秘兮兮和她说要带她开开眼。

车停在了一幢偏僻的小洋楼前，周围是几丛萧条的灌木，也挂上了五光十色的"珠宝"。

进去以后才知道，这是铭哥他们新开辟的私人会所，麻将桌、K歌房一应俱全。

小昙注意力全在脚上，踩了高跷的她还没掌握在瓷砖地上平衡的技巧。

刚站稳，听见陈霭昕忙着替她搭别人的腔："是啊，你看我妹妹像谁？"

歇息在牌桌和沙发上的老鸟们将小昙从头打量到脚，丝毫不打算放过她的脸红。

一个穿马裤的瘦高个儿端着咖啡杯走过来给她解围："像谁都不能像你们，豺狼虎豹变的！"

高马裤似乎是众人的核心，没坐一会儿就有人把他拖去喝酒，或者直接在房子另一端喊他："汪树森——今天不玩牌啊？这把六六大顺欸！"

私人会所的精妙就在于它能将一群人的吃喝玩乐循环化。打牌打累了，便去K歌房里喊另一个；从K歌房里出来的玩饿了，可以直接去餐台盛吃的，厨房二十四小时有老妈子开炊。

小旻找了个角落的沙发坐下来，方才的高马裤又被拐去不远的台球桌上征战。

她观察到每当贾铭说完一句客套话，陈霭昕的厌恶就多留一分在脸上；贾铭放下杯子时，那厌恶就稍纵即逝了，小旻渐渐分不清是不是酒精让她想入非非。

"看来你不适合这儿。"汪树森不知什么时候坐到了她旁边，刻意保持着一寸的礼貌距离，没人发现他俩在角落单独构成了一个小世界。

"不想喝可以不喝。"他给自己倒了一杯酒，顺手把饮料递给她。不知什么时候，他留意到她尴尬得一直守着杯子猛喝。

小晏这才看细了他的模样。高鼻梁被一副金丝边眼镜搭着，是那种不令女人讨厌的白净脸，却多了难得的硬朗。

"小妹妹。"他拍拍她的左肩，"想提前走就告诉我。"

她躲了一下没躲开，从别人的角度看过来倒像在欲拒还迎。

又坐了一会儿，她求救似的朝陈霭昕那儿看，陈霭昕除了刚进来时热络地向大家介绍过她，之后再没闲空招呼她。

小晏只能低头望着吃痛的脚踝，它明显不适合细高跟，发硬的革子不细看还好，细看时在灯火通明里越发掉了价。

出去透口气的工夫，汪树森已提着她的小包跟出来了。他挺会神出鬼没地拿捏，距离和时间都刚刚好。

他的车比陈霭昕的奔驰更长些，不靠车标摆阔，在路灯下环着一圈高档的漆光。

开车门时，小晏发现他的手很自然地攀上了她的腰，不像刚认识几个小时的陌生人。他的脸是不会做真表情的，手却通了性，隔着裙子也能听懂它传递的讯号。

它长在了她的腰上，将她和他驾轻就熟地锁在一起，是一次赤裸裸的暗示。

小昙失措地甩开它，细高跟一个不稳，身子朝车上倒去。

"小心！"

小昙以为那只手要从侧面托稳她，它却记仇似的擦个边，攥着她细胳膊把她从车上提起来。

"蹭坏没？"

"啊？"小昙还没从胳膊和脚踝的剧痛里缓过神。

"我问你车呢，蹭坏没？"汪树森不耐烦地咬着字重复一遍。

小昙慢慢地直起背，汪树森比她高半个肩膀，她得微抬着下巴看他。

她这时觉得自己真像一棵圣诞树，装饰来装饰去只是个玩意儿，装饰才是病根。

"你浪费了我一个晚上。"金丝边眼镜依旧斯文，斯文得不通情理。

小昙怔怔地看着他的新嘴脸，他的嘴一张一合地通知她，他该走了。

她真傻啊，他甚至都没花时间记住她的名字。他根本不需要认识她，从开始到结束被高效缩减成几句话和一杯酒，"小昙"只是一个下酒菜的代号。

陈霭昕也不会留神她今晚又去了哪里，在她的打算里，她一直留在那儿才奇怪呢。

大彻大悟了的小昙把鞋脱下来提着，走到大路上，她一眼就看见肖剑那辆熟悉的小自行车——之前为了她好认在车把上安了只锃亮的老式铜铃。

"我一路跟着你们的车过来的，跟到这儿跟丢了，不知道你进了哪一幢……"肖剑吸着鼻子解释，省略了他就这么在零下二十多度的路口等了三个多小时。

"呀，你的鞋呢？你怎么了？"他看到小昙光着脚，立刻大呼小叫起来，脱下外套往她腿上扎。

"新换的衣服，系上不丑，我打了个蝴蝶结。"

肖剑自顾自地念叨着，突然被一把抱住了。小昙伸开双臂紧紧环住他。

　　他害羞似的强调他真的不冷，却将她抱得更紧，俩人以这个奇怪的姿势在风里僵持着。

　　在她迷失的那段时间里，错过的是这样一个酣畅淋漓的拥抱。

七

任凭审讯室亮着不夜灯，侦破无数疑难案子，熟读犯罪心理学的老警员们挠破了脑袋，都问不出来这个主动给他们倒水的中年男人，到底是不是那个十几年前回国后照样祸害社会的刘诺。

加拿大负责过刘诺大小案子的警方已经明确表示，这个人渣只要永远不能来我们的地盘继续造孽，你们留着随便处理吧。什么？想了解他在这边的情况？哦，用你们中国的话说，他无恶不作。

曾海铁了心要把这个陪他活了有些年头的人物演到底。他太清楚伪善的嘴脸会如何翻脸不认账，但凡碰上他这样的软钉子谁都没办法。大多数蛀虫都和他积极合作过，某几个逢年过节串门比串自家亲戚都勤快。他在心里盘算着，脸上仍是一副正经生意人的周全。

陈霭昕知道这些拼凑起来的信息是在半年后了，国内新闻都在奔走乐道这篇材料，还加上个比娱乐八卦都显眼的标题："易容"逃犯落网记。

一转眼又快过圣诞节了，紧接着就是新年，饭店缺人手缺得打紧，实在着急了她也撸起袖子传传菜。之前秘密包间里总是招待一些"贵客"，是贾铭圈子以外属于她自己的客人。她不得不逼自己为此深谋远虑，为的是那个颇有些阴暗意味的假设：哪怕有一天没了贾铭。

察觉到身体出了大问题大概是在一周前，每天总是神情恍惚，她可不想让那些小姑娘觉得自己真是提前到了更年期。不得已解散了自己小圈子的陈霭昕时不时也会发会儿呆，惆怅当初云里雾里的快乐。

刷到刘诺的新闻时她一点儿也不意外。一个看着毫无起伏的人往往都藏着那么一丝最纯粹的深情，不为生存，为活着。

可她撑着脆弱的神经熬夜想了好几个晚上都没理明白，从消失到回国看场子他都经历了什么，才能心甘情愿地落进自己给自己提前设计好的深渊里？

有几次铭哥听见大喊冲进来打开灯，她像个无助的破娃娃烂在枕头里，大汗淋漓地指挥他给空瓷杯续水。从鸡窝一样的卷发里，探出一张吞安眠药像吞糖豆一样熟练的脸。

铭哥怎么也想不通，算盘打得比他都精细的女人怎么在一个月之内换了个人。难道从一开始嫁给他的通透姑娘就只是她费尽心思编织出来的一个空壳?

他甚至恶毒地猜想刘诺当年的突然蒸发对她而言何尝不是一次蜕变：心先死了，接着是躯壳，最终塑造出一个被粉刷了这么久实际不存在的陈霭昕。

自以为早就看透社会和人心的老江湖意识到自己彻底败了，一连串的猜想老早就开始像网一样罗列起来，只是他甘愿在这温柔乡里打转罢了。

可是他总想起认识陈霭昕的第一天。

开场子的第三年生意并不好做，他天天看着空荡荡的房子发呆，零散的桌子上苔藓一样长满了烟渍。这副颓态引得几个合伙人吵着要"分家"。

门铃响了的时候他还在抽闷烟，之前来应聘发牌的小姑娘们有过很识时务的，也正因为这样才蜻蜓点水一样草草了事就消失了。他看不起这些蜻蜓，又不能控制她们的翅膀，陈霭昕的出现让他仿佛看到了一丝光亮。

自从跟着妈出了国，那个小县城的人都眼红得要死，谁也不知道她裤子都打短露脚脖子了，没几件齐整内衣也没有青春期女孩喜欢的化妆品。

陈霭昕已经过了哭闹缠着爸妈买东西的年纪，她爱美，也晓得自己从小就被人夸好看。哪怕穿秋梅年轻时候款式老掉牙的白衫子黑牛仔裤，出门也总被路边抽烟的小混混吹口哨。

商业街的大屏幕上模特展示着各种奢侈品广告，她仿佛能嗅到皮草滑在模特肩膀上一掠而过的香水味。在外国他们把她这种只看不买的行为叫"window-shopping"，香水口红高跟鞋个个都让她眼热得抓心挠肺。

开赌档的铭哥三十出头，打心眼里待见这个小姑娘。尖下颌配一对新月眉，眼珠总像是抹了油一转就是一层光，眼尾微微上翘，随便瞅你一眼能瞅得你心花怒放。输钱是常有的事，自从发牌的人换成霭昕，输急眼撸袖子要闹事的男人消停了一大半。

原来这些片段一直都缜密地排列在脑子里，就像一个陈年旧事博物馆，平日不开放，偶尔敞开大门只给懂的人看。四十好几马上快五十的贾铭，陷入了一场又一场回忆的圈套里。

他突然意识到自己对她无限度的信任和包容都源于她身上有一股劲儿：执着，毫不掩饰欲望，看似对什么都满不在乎的情绪底下藏着一个倔强的小姑娘。

一直以来吸引他掉进温柔乡里的是这个小姑娘，是可能都被她自己遗忘了的，一个好得不能再好的女孩。

少女陈霭昕从死到活再到从此销声匿迹只用了两天。

她也发疯似的寻找过刘诺的踪迹，让正坐在档口应酬的铭哥都吓了一跳。

"他被遣返啦。"掐断了半根烟的铭哥把她拉去空房间，心想刘诺有多大魔力让她这么费劲地挖。

下一句话被他吞进了肚子里，他想说，他完全有能力照顾她。从一开始就该这样，省下了力气也省了刘诺的阴魂不散。

任凭多少年过去她偶尔还是能依稀照见那晚的女孩，有血有肉，眉目间全是对爱情孤注一掷的慈悯和宽宏。

女孩总要蹚过许多条优柔寡断的长河，最终找到母性独有的，属于自己的"厚重"。

那可怕的预兆蛰伏在他突然蒸发前的一个月里，像往常一样昼伏夜出的刘诺总是天大亮才悄悄潜回来，窸窸窣窣的钥匙声搅得人总是心一惊。

"哟，谁配心疼你啊？自己乐意被人糟践！"她凶着两只熬大了一圈的眼使劲瞪他。

"那可不。"刘诺掸了掸毛拖鞋，眼神只顾着在地上转。

她心里腾地生出一阵难受。

他们到底算在一起过吗？她问过自己，再之后贾铭也问过她。她和刘诺同住一个屋檐下不为人知的那几个月，能算得上吗？

假如他们之间能清白得像两个房客，她又怎么会怨？原来她潜意识里一口咬定是刘诺亲手掐断了她对那份"厚重"的念想，为了这么深的怨，她也得永远记住他。

一番推论下来，她发觉爱的起源竟太肤浅了，每一种来路不明的暧昧都安得上它的名字。

她从没想过要刻意害小旻，她看不上汪树森那圈人的花花肠子，他们在她眼里更像镀了金银壳儿的苍蝇蛋，弹一弹只会发出几丝微弱的"嗡嗡"声，空得可怜。

可她更看不起一个曾经什么都不图，只图用爱的名义活过一场空想的陈霭昕。

她对小昙、对贾铭都没法解释。凡事既然只看结果何必纠结于起因和过程？人与人之间的情感本就是虚无缥缈的东西，有人一生只能爱一次，有人却能把感情平均出好多份。小昙终有一天也会懂，独善其身才是这片土地孕育出的实用精神。

她荡气回肠地爱了一场，爱的只是那个在憋屈里和她过出人情味儿的投影。不知道那个投影是不是也像她一样，把一腔孤勇摔碎了给别人看。

贾铭帮她联系了一家国内的疗养院，实则是给她出了一道阴险的选择题。

"好和坏都要彻底，你明白吗？其实怎样都有的选，别给自己留时间想理由。哪怕你曾经是个好人，现在要做个坏人，或者反过来，都一样。"临行前他试探着她，跷着的二郎腿颠了个顺序，高翘的那只皮鞋架到她眼前。

"否则就是行尸走肉，黑白都容不下了，只能做野狗。你知道野狗的下场吗？"他咯咯地笑。

陈霭昕仔细锁好行李箱的暗扣，抬起眼累累地看他一眼。太费心了，绕这么大圈就是想通知她：滚吧，像那个人一样；欸，那也算个人？

贾铭仔细端详着她的表情，突然伸开攥出青筋的手，站起来走到箱子前。

她垂下眼睛想，终于该爆发了。

过了好一会儿，她再抬起眼，贾铭双手撑在桌子上，好像因为五官拧在一起，鬓角被绞出一层汗。

她听见他憋着劲儿说："我以前拿你当亲妹妹，后来当家人。男人和女人的事，也就这么个头儿了。"

日子不是"爱"出来的，爱是一起活；但没有"活"，再好的日子都会死。

陈霭昕怎会不清楚，可要她怎么告诉他，至少对于她，"一起活"就是天大的奢侈。

他是认真的，而她将这份心如刀绞的认真误会惨了。

贾铭记得，当年靠不要命吸引他的"入门弟子"最后和他碰了满满一杯威士忌，杯子见底儿了，俩人的眼眶都熏得生疼。

"就这么决定走啦，你什么都好，就是太较真。"贾铭打着酒嗝，脑袋里的思绪已经东倒西歪了。他才是感性的那个，尤其现在，醉了的他也能不过脑子就掏心掏肺。

"不想折腾，你也知道我讨厌绕圈子，警察都是些没准头的。如果有命再回来，就祝我们生意兴隆。"

入门弟子晃晃杯子里的冰块，把没说出口的话都随着酒精化成一片磨人的伤感。

刘诺想说他知道贾铭喜欢那个姑娘很久了，甚至和他一样久。

他也替贾铭高兴，再也不用隔着他瞎操心，替他承担起那么重的责任，也感谢他让自己能打着被遣返的幌子消失得心安理得。

"回国打算做什么？去广州吧，还替我看场子，不过在那儿你说了算。"

刘诺笑笑，说："那也换个名字，就'曾海'吧。"

曾经沧海难为水，除却巫山不是云。

也许是在陈霭昕到疗养院办完手续后，贾铭开始百年一见地每天去饭馆坐班。

他冷静下来庆幸陈霭昕收箱子那会儿没矫情，不然他差点就把这些全招了，甚至会连刘诺不辞而别的原因一起和盘托出。

所有被"逼"出来的般配都蛰伏在每天的按部就班里，不动声色地嘲笑着他。

临了，他们都牺牲在那场爱情故事里，像原本写定的男女主人公一样，被传染上一副伤脱形的眼神。

终于清醒了的贾铭感到不值，他嫉妒刘诺变成不费吹灰之力的假想敌，让他做了罪人。

贾铭不想这样了。

他想把乌七八糟的情绪好好理清楚，理不清楚就让刘诺彻底见鬼去。

贾铭在那家KTV的股资掰指头算也就几万块，就怕经他这么一折腾，其他大大小小几个股东都遭了殃。

刘诺当然是个合格的枪子儿，枪子儿都不长眼，指不定哪天就走火。贾铭这么开导着自己，也开导着好兄弟。

他们反复估算着刘诺的价值，迟迟不肯拍板。

逼得贾铭最后忍无可忍地替他作证：刘诺无论如何都不会牵扯到他们，因为早死早超生简直就是拯救他。

其实都不用谁刻意告发，贾铭意淫出的临门一脚只是辅助罢了。

一个老警员在几次日常盘查里早盯准了刘诺——化名曾海的小老总真是太讲究了，太挑不出毛病了。老警员顺藤摸瓜地暗暗追查，发现他在国内前半生的履历几乎全是空白。再查下去他就会心惊肉跳地发现，法网恢恢里竟多了这么大一条漏网之鱼，除了性别以外什么都可以是假的。

不过事实证明，贾铭的确有先见之明。

八

在审讯室咬紧牙关死不承认自己是刘诺的曾海，脑子里却走马观花一样。

盘算着如何人间蒸发的那一个月，他在独自酝酿一场多么悲壮的告别，悲壮到让他发现，它同当年目睹父母被推搡的少年下意识的选择如出一辙。

他的狠不光狠在把自己逼上梁山，也狠在变着花样折腾自己：逼自己断了所有念想，在不见光的地方期盼那些在心里占足了分量的人，都能因为他的"疏远"而平安。平安就是快活。

曾海盯着迎着灯越发散不开的烟影儿，发觉自己才是最病态的那个。

可能陈霭昕一觉起来也大骂过，骂他懦弱、下作，一个比逃婚更不像男人的渣滓。没错，他现在就在心里这么骂，骂剥去了叫"曾海"的那张人皮背后隐藏的自己。

他不明白自己明明也挂了身一塌糊涂的彩，到这节骨眼上怎么越反省越变成了懦夫。

太费心了，刚判完曾海的罪，还没等他缓足精神想明白要不要连刘诺的罪一起认了，已经有人抢着帮他开腔了。

陈霭昕和贾铭结婚那天，曾海正陪一个据说来头天大的客户喝酒。从没在应酬里喝多的他总算借着酒劲儿睡了场安稳觉，梦里他站在一个大教堂里。

当神父转脸问完他相同的问题时，他的眼睛还是看着她，嘴角却咧起一个混账到极点的笑。

她只见过他在档口对老油条们这样笑，"谢谢您啦，得嘞，这是唱哪出？"

和之前一样晃着不着调步子的他朝神父点头哈腰地鞠了一躬，这一躬把他、教堂和她都完全隔离开了。

当年她在台阶上把拧皱的龌龊都抖出来给他看，此刻他比丑似的要争着做个更上不得台面的人。

　　曾海现在回想起那个梦，仿佛提早就已经写好了他的结局。

　　他看着挠头的警察，从心底浮出来一股玩味的悲凉。连他自己都不清楚刘诺这个人的自卑、懦弱、孤勇是怎样自相矛盾又纠缠在一起的，在梦里都不得安生。难道最后要让这帮人来分析审判？

　　他给不起陈霭昕的那些"空头支票"，铭哥都一一兑现了，比他想象中的更淋漓尽致，怪就怪他没有及时从结局里脱身吧。

　　该感谢是贾铭把他浑身来路不明的戾气都养壮了，没让他在这时候做条到处咬人的畜生。

　　这也是刘诺三十七年的半死不活的生命中，唯一爽快的一次认罪。漂洋过海拖泥带水，浮萍总是要在一处干涸的转弯里重见天日。

　　大半辈子也就这么潦草又轰轰烈烈地过去了，在谢幕的时候，总该藏着些故事，留给看的人讲。

　　他恍惚之间看见审讯室的白炽灯忽明忽暗，如果他可以坠入那天她纯情的眼神里就好了，再也不要醒来——是一个二十岁少女该有的纯情。

那就无须和这样一个彻头彻尾的恶棍刘诺告别了。

就当成全自己难得的善良，长久以来积压的感情总需要一个爆发点。一个人的罪过有得救，他不需要谁来作伪证，为了证明他不是一个坏人。

善恶因果总是没完没了，刘诺不想承认是他嘴里的狗屁爱情纠缠了他十多年。这种情感更像破壳而出的自我救赎，要朝着更深的方向去，像那些神话故事里最后的落笔，光鲜、痛快、了无牵挂。

哪怕这种光环要付出难以忍耐的代价，哪怕，大梦一场。在梦里他想做一个英雄。

林长沙和刘诺身上的联系，或者说是一条神秘的纽带，导致我们的女主角总是不断爱上相似的灵魂。

两个在陈霭昕情史中起重要作用的男人：一个代表着"少女霭昕"的消亡，一个成全了"女主角霭昕"的消亡。

之所以这么说，是因为林长沙的生活就是少女霭昕本该走过的轨迹，那也是她唯一染过书墨香的正常日子。

跟着秋梅圙圄落在陌生土地上讨生活的陈霭昕，之后已经记不起父亲和林长沙的模样，只有一个大致的轮廓。

林长沙不谙世事的混不吝和父亲被秋梅骂了半辈子的教书匠脾气，都是生长在故乡土壤里的执拗和不妥协。

就算周遭的环境不断变幻，打滚的泥壳儿不断剥落，一个人骨子里的脾性是该伴随终生的，永不分离。

我是在老友会上又一次看到林长沙，当年小镇上那个虎虎生风的篮球少年是文科班女生经常谈论的焦点。

散了多年的老同学按班级围成几桌，意气风发不再写在眉眼间，在不露声色的攀比和举止间。

长沙夹着一个黑色公文包推门进来，就像任何一个从办公楼的某一层忙碌走过的中年男子，也有了一个稍显累赘的啤酒肚。

"欸，长沙来了，陈霭昕呢？"大家七嘴八舌地寒暄着，都抢着拿对方高中时代最出名的一段风流事做开场白。似乎这样不同阶层、不同工种的人又像很久以前那样，平起平坐在同一个班里。

但我听说过的林长沙不该是这样的。

现在的他头发长了，平着侧分过去。他怕脏似的把公文包小心放在一旁，只是客套地笑笑："哪年的老黄历了，再提就更过时了。"从落座到后来的觥筹交错里，处处都是拿捏好分寸的周全。

当年的"林家军"们，有的辍学做起了小本买卖，有的后来去了小镇体校做了教练。长沙还算体面安稳地被插进了一家父亲朋友的小公司，领着固定的薪水，每天都能按时回家吃晚饭。

在篮球场上和老师做鬼脸、为陈霭昕罚站、带着小跟班偷摸蹲在文科三班窗子底下旁听的那个黝黑男孩的影子，都模糊得像来自另一个遥不可及的时代——那个时代里的林长沙就像我时常听说的那样，对什么都认真，又对什么都无所顾忌。

我隔着几张桌子总是打量他的眼神被准确接收到，他抬起一对浓眉对我礼貌地示意。也许是我年少时代对这个风云人物太感兴趣，观察许久后我似乎看到了他所有被打磨掉的痕迹。

陈霭昕始终没有出现。

大家都有些醉了，"林家军"们自动排成一小桌，拉着长沙灌酒，长沙不自然地朝我投来一束无奈的目光，那里面也满满的都是醉意。

"长沙啊，我们当年，当年都以为你会和她一起走呢……"

男人们凑在一起，醉了也像女人一样在陈年旧事里打转。

长沙嘴上应酬着，笑出了一脸的认命。像是默认了当年的疯狂也好，痴情也罢，他就这样不接话地告诉每个人，多情用到了最深处就只能当作下酒料，让自己开心，也博大家开心。

一片欢乐的朦胧里，林长沙抬起手腕看一眼表，和兄弟们碰一下杯，眼神总不经意地飘向门口，一下又一下。

我不知道他在期待什么，或许不是期待，是难得借着醉意替自己圆一场早该预演的团聚。

至此，我的"病人"——我的老同学的故事，就告一段落了。

我问过她，如果我以后会将这故事写出来，她希望我怎么写刘诺。她没有回答，过了一周给我发来一张唐人街的照片，她专程去了一趟。她说，刘诺应该也希望自己可以真正是唐人街的孩子吧。

我回道，好，那它就是故事的起点，结尾呢？

她却反问我，结尾你想写谁？

现在该让我们回到一开始的画面了。

陈霭昕将手从窗子一端的电话上退下来，她还有很多很多话没来得及问呢，其实也不必问，中间空白的时间里到处都是他的影子。

但她不知道离别的时候是不是该说："再见，曾海。"

他们之间能如数家珍的，说到底也不过那几个月的缠绵。但明明有比爱更生动的东西在里面，他也懂。

快走到门口的时候，陈霭昕回头望了一眼。

那一看，是奋力从壳子里剥落出的那具原始血肉。

她能看到一个比少年林长沙甚至再小一些的刘诺，抱着篮球站在操场另一端；他们共同的故事的开始或是一瓶落入俗套的矿泉水，又或者只是一句简单的问好，谁会较真呢？他们足够鲜活，而一整个盛夏总有无限种可能。

那将是最好的她，与另一颗灵魂在狭路中先生出了悲悯，后是依附。只有肝胆相照过的人才经得起缠绵，不是遇见，是相逢。

这次也该换他，隔着千山万水那么厚的屏障，目送她。

远处传来一阵若隐若现的鸟叫，像很小的时候父亲在院子里教大家背唐诗时，叽叽喳喳簇成一团踱步的麻雀。

大自然总是用它的方式时不时就唤醒你一次，病入膏肓到麻木不仁的人，失去的恰恰是上天赐予的最天然的自救。

当年怎么也背不会的那首诗，有一句正应景：

"又是一年春好处，绝胜烟柳满皇都。"

　　失禁的眼泪像突然开了闸，不知不觉胡乱漫了一脸，她头一次感觉，哭比笑开心。

尾 声

清晨去往浦东机场的高架桥上，已经有来往的车辆在穿梭。从灰蓝的雾霾里透出那么一点阳光，天马上就要亮了。

霭昕戴着墨镜，藏青色的羊绒围巾下隐约露出苍白的下颌，上海的梅雨季节又该来了吧。

她伸开手端详着掌心，小时候总听老人说最上面的那条是姻缘线，交错向下分叉的人，重情又容易乱情。

这么想来，马上要在大洋彼岸的多伦多度过第十七个年头了。她想起新婚那天酒店的宴会厅堆满了粉白月季花球，三十出头的白西装男人在推杯换盏的祝福声中硬是笑出了一脸纹路。

醉意冲上脑的时候她从后门走到洗手间，大红的敬酒裙衬托着今夜最美的新娘。在金碧辉煌的镜子前她哭了，去他的不吉利吧。如此惧怕孤独的人此时此刻只想一个人哭一会儿，如释重负。

人的身体和大脑一样也是有记忆的。

她记得那个少年从唐人街拥挤的门脸里走出来，灰风衣黑靴子，漫不经心地踩着地上的石子，明晃晃的阳光洒在来往的车顶上像一片粼粼的海。

这里距离市中心的购物中心还有很长一段路，跨越过无数彩色的门牌就将看见一个崭新世界，充斥着醉生梦死的白黑黄面孔，物欲横流下依然有流浪汉在拉一曲手风琴。他们就那么走着，无所谓方向，像寄生于黑色土壤的牵牛花，可以尽情地开放凋零，在这个花期。

都该放下了。

以后的路上不会再有这样的好风景，这样通透得毫无道理的天空。

大厅里熟悉的女声又在催促登机的人。

她克制不住地想念再之前，烂绿的爬山虎和长到慵懒的夏天，在学校后面的老墙上写下"诗酒趁年华"的女孩，那时候想过最遥远的地方无非是拉萨。

其实也想去大理看一看的。陈霭昕在登机的那一刻还是忍不住看了看落地窗外面的世界，生龙活虎。比拉萨更遥远的地方将在十几个小时之后抵达，哪里有牵挂哪里才有停顿，最后能回家是好结局。

她拉下遮光板戴上眼罩，将刘诺从脑海中慢慢删除，一件件回味呗，反正时间还长。

只有这个时候，慢慢撕扯抽离的痛楚才提醒自己还有灵魂，一直以为身体里死掉的那部分才会慢慢复活，组装成一层新的皮囊。

不知道他明不明白她也真正活过。在一室一厅的小家里她光着脚试一条裙子，从洗手间的镜子里望过去，客厅拥挤地塞满了行李箱和杂物，窗外依旧艳阳高照着钢筋水泥。那是盛夏的多伦多，那个时候他们都觉得日子还长，明天真的会更好。

你看，到了最后，人才会开始念好，就仿佛所有欲望和伤害都是人为添加的阻碍。

刘诺被"遣返"回国的那天其实她去了，这些还会重要吗？

她一直看着他排队过安检，希望人再多一点，再慢一点。刘诺是不会回头的，所以她可以安心地在角落里站着，等待最终那个熟悉的背影从视线里消失。

有那么一瞬间她期待他一个转脸打个照面还是最开始的样子，萍水相逢的那张脸和她说，姑娘你为什么在哭呢？

她和刘诺那种唇齿相依的情感终究还是抵不过一己私念，她甚至有点理解当初无奈又自私的母亲。她没教育过自己什么是爱，但骨子里一样的血脉经常在梦里互相拉扯。

人自出生就有爱的本能，不能原谅又是爱得深沉衍生出来的产物。终于还是错了，古今中外，多少止于唇齿的依恋都不需要目的和缘由。

想到这里她把脸埋进手臂之间，就像十六年前第一次坐飞机飞越这片土地的边境，苦苦追问了那么多年的命题终于有了答案。

狂
想
曲

一

曼丽第一次见老凯瑞是在一家破旧酒吧，多伦多的夜比白天热闹得多。在压抑节奏里熬久了的人总喜欢在藏在街头巷尾的"乌托邦"里消耗卡路里，似乎身体和精神都需要被消耗殆尽才能彻底安眠。

他的廉价西服永远是两种颜色，藏青或深棕，和他折了又折的花格子领带格格不入。

"凯瑞——是我们顶顶好的老客人！"黑女人服务员总这么热情地向你推销着酒，同时也飞一眼老凯瑞，堆出一脸坦诚的殷勤。

曼丽在一家华人服装店上班，她经常在周末穿过三条小街道来喝一杯"Dirty Cherry"。她不懂酒的好坏，只懂名字，有点儿隐晦的奢靡风情，红蓝的一杯像一团火，烧干了一个失眠人的夜。

就是在这样昏暗的灯光下，酒精蹿上头的时候她看见红蓝火焰在四周的台球桌上起舞，她想不明白为什么这些老外总喜欢在喝酒的地方摆这么些碍事桌子。

老凯瑞的脸就是从这些落寞桌子里升起来，原来比桌子更不合群的人才会享受它们的价值。

"你来得晚了些，刚刚两个人在老虎机上赢了一千刀。"

他本来是想说，你来早些能看见那些醉鬼被这台球杆耍得团团转。舌头打了个弯，却嚼出来句不合时宜的废话。

于是他看见一个愠怒的曼丽上下打量着他，目光最后停在了一丝不苟垂着的花领带上。

他听见她的声音像对他说也像在问自己："难道人种会写在脸上吗？你说中文你怎么知道我从哪里来？"

这是把乡音未泯的国语，混着满不在乎的酒气。土生土长的CBC（注：CBC为出生于加拿大的华人英文缩写）是不会有这样难得的乡音的，它只寄生在成批漂洋过海讨生活的躯壳里，被强行压缩化了。

老凯瑞回到家便撒开手脚躺成一摊泥，两只脚用力互相搓着把皮鞋甩出脆响。他顶讨厌西服皮鞋，它们默不作声地就能告诉别人他是个什么玩意儿。

上个月房间门把手掉了没人修，所以不管使劲摔它还是认真关它都是一副犹抱琵琶半遮面的老样子，隐约看得见客厅的一角：横着一条上了年岁的长木桌，和老凯瑞一样有张蜡黄的"脸"。红木音箱上贴满了嬉皮士的大头照，像小电冰箱上的便笺纸，慢慢变成一块块彩色苔藓。

老凯瑞一开始也不叫老凯瑞，是在修理厂工作以后让老板给叫习惯了："凯瑞，去倒数第二个架子上把漆拿来。"

"凯瑞——你耳朵还在吗？你这只爱偷懒的猴子！"

叫着叫着连他自己都默认了这个横空出世的英文名，用信用卡买东西也会鬼画符地往小票上签了。

在这里人人都有个符咒样的洋名字，那才是你的标签。汉字浓缩成大写拼音，没人认得出哪个是哪个。

干了几个年头，修理厂做大了变成了家具公司，专卖些叫不上牌子又贵出血的床垫床架柜子。惯会被人使唤的凯瑞在四十岁失了业，卖家具不需要你豁出去一身臭汗，只需要你有根能开花的舌头。

曼丽见到的凯瑞已经是被锤巴得乖乖认命的"老凯瑞"了，既认了"凯瑞"也认了"老"，年龄也被不经意给模糊过去了。

白天早晨九点他按时出现在一家老外车行展台后面毕恭毕敬地稍息立正，偶尔带几个只看不买的客户逛圈圈，大理石地板被挺着大啤酒肚拿腔调的皮鞋们敲得嗒嗒响。老凯瑞有时也对着镜面一样的地砖发愣，看不懂现在这个时代怎么进步得有棱有角？

这么一个没脾气的老凯瑞也没几个像样朋友，老板、客户、邻居、以前的工友被他备忘录一样存在脑袋里，却从来没更新过。进步的和原地踏步的分成了两道大岭，原地踏步的又和突然后退的隔离开，他失业以后很不幸地落到了不上进的那批里。

不上进的人抱成团比进步的聒噪得多，比这比那比出了甜头，大家都喜欢在别人的不顺心里找顺心。他看不上这帮麻雀精却也无能为力，倒是小酒吧里的几个常客更让人舒心，你不了解我，我不好奇你，我们都是这里的好伙伴兼出了门的陌生人，点到为止的交情才细水长流。

他留意曼丽很久了。台球桌最边上的角落里周六七点后必藏着个埋头苦干的小女子，蹭着不要钱的光亮敲电脑。

款式有点儿老的笔记本屏幕后面有个素面朝天的卷卷毛，不声不响地拿烈酒当咖啡续命。他打台球时偶尔会听见她一板一眼地因和服务员讨价还价，每个现买现卖的单词都带点地道南方味儿。

老凯瑞不知道自己说错了什么，下个周末再看见曼丽的时候便闭上了嘴默默打桌球。黑女人酒保照例热情地给了他个大拥抱，从她勒胳膊勒屁股的裙子里隔着皮肉散发出一股汗味儿。

同样是敲，曼丽敲键盘，比曼丽多裹了几层壳的女人们敲地板，老凯瑞被"嗒嗒"敲麻木了，快被催眠了。

趁黑女人拥抱她下一个心肝的时候，他探颈子望了一眼笔记本的屏幕，催眠他的嗒嗒声正被码成一行行字，如同流水线生产。

起初他打着哈欠无聊地跳着看，后来曼丽敲什么字上去他都不转眼珠地数着个儿。能被这样咂摸出味道的汉字排列顺序他太久没看过了，像他闲置了多年的电吉他，手一放上去就有一串富有生命力的音符活过来。

人和艺术之间的沟通是无声又激烈的，很多时候是和自己作斗争，替这些无声的东西活。

曼丽不敲了，有点儿厌恶地看着这个奇怪男人，灯光太暗了她看不见他赞赏得入了迷的表情。那副表情曼丽再熟悉不过了，是所有崇尚过艺术的人留下的后遗症：感性，狂痴，自我，又不自我。

"你的故事，我是说你写的，让我想起来我很久以前的爱人。喏，这段，我最喜欢这段。"老凯瑞怕冷掉气氛似的吸吸鼻子，把身子索性凑过来，有点儿遗憾地说。

曼丽这才看清了打搅她两次的烦人的脸，倒也不那么讨厌，伤感的厚眼泡遮住了一半光，像微闭着的老牛的眸子。

稍微热络了些后，曼丽告诉他她不是个什么知名的作家，连笔名都没有，靠给别人写故事糊口。故事经常被不认识的人剥夺去了署名权，换来汉堡和披萨，手气好的时候也能换过季打折衣裳。

老凯瑞瞪大眼睛真诚地发问："难道他们都不如我识货的吗？我的上帝哟。"

曼丽不置可否地耸耸肩，她已经不在乎她敲打出来的作品是好是孬，没有署名权也称不上是作品，换来换去她也不明白亏了还是赚了。毕竟换出个天天自食其力、吃得饱又累得能睡一宿好觉的曼丽，而不是拿着服装店微薄的时薪度日的蚂蚁曼丽。

她更喜欢听老凯瑞讲他失散多年的爱人，据他所说那是个小巧的棕黄皮肤越南姑娘。他们都是只身迁居来多伦多的，也是越南姑娘告诉他其实最好吃的生牛肉粉从不放黄柠檬，都是青柠檬。

姑娘和他你侬我侬了两年多，有一天晚上突然开始打包行李，说越南的家庭需要她。假如凯瑞手头宽裕，能不能给她买张回家的机票应应急？

老凯瑞说到这儿肿眼泡就更肿了。他在修理厂一小时十刀的工资凑了一铁皮盒，带着铁皮盒回潮的曲奇味儿铺出了姑娘的返乡路。多出来的一半给自己留了饭钱房租钱，一半塞进她口袋交续工作签证的押金。

在机场送行的那天老凯瑞穿戴得整整齐齐，两年多头一次这么隆重，像是去赴一场迟来的盛宴，姑娘亲昵地蹭蹭他的左脸，又胡乱蹭蹭右边，蹭出个稀里哗啦的大花脸。

"你这么蠢——被她骗去了全部家当——"

曼丽好心地惊叫起来，看着老凯瑞越来越肿的红眼泡，赶紧把剩下的愤慨生吞下去。

"她上飞机前我就知道她不会回来了，然后我发现自己在哭，我知道她一定不会回来了。"

老凯瑞抬起眼笑笑，是时过境迁之后死透了又重新热回来的他了。他也用这笑告诉她，都宽容了生活这么久的人没道理不宽容另一个人，何况是爱人。

再聊天时曼丽总会小心跳过这些故事，虽然她一点也不赞同老凯瑞的爱人论，但老凯瑞指出来的那段确实是她写得最撕心裂肺的一段。通篇都是由着别人嘴叙述的废话，只有那段她没犯懒动了真感情。

曼丽承认几番接触下来，老凯瑞是唯一能彻底读懂她文字的人，是最忠诚的读者，甚至有几分同是天涯沦落人的感觉。

二

这个周三是最忙的一天，曼丽又要看店又要点货。

老板上个月给她涨了工资，便打发走了另一个爱磨洋工、年纪轻轻坐腰椎病的售货员，临了拍拍曼丽肩膀："我的店就交给你啦，这叫什么？叫委以重任！"

曼丽被扣了这么大顶高帽子，心里盘算这老女人还是占了她便宜，省出来半个人的工资，让她不知不觉合并了两个人的活儿。

她费力地从地下仓库里拽出来一麻袋沉得像死猪似的新货，一手拎着剪子直破了"黑肚皮"，流出来一地印着"Made in China"的包装袋。她今天的工作就是把这些包装袋都拆走处理掉，然后把没牌子只有价格的衣服挂在模特身上。

这是家做高级定制的店，一比一打版，谁也不会傻到问这些货是哪里来。管它哪里的反正也没挂牌子侵了哪个大牌的权，样子一样嘛，大家不就是冲着十分之一的价格来的吗？接地气的高级定制，买不起奢侈存在感的人都乐意来这儿寻幸福感。

一脚高一脚低正从梯子上爬下来的曼丽猛地一抬头，看见老凯瑞不知什么时候进来了，两只手正发力把着梯子两边，使她不吃劲地稳稳落地。

"你来也不说一声！吓死个人！"曼丽在地面上站稳了，边忙着搓手上的黑印子边责怪。时间长了她也学会"利用"老凯瑞的好脾气。

上次她和老凯瑞提了一嘴，他的客户里如果有需要买衣服的可以去店里找她，还写了具体地址放进他眼镜盒里，没想到他竟一个人找来了。

老凯瑞还是没气性地呵呵笑着，狡猾地避开了她的炮弹追击，指指窗外："你看下雪啦，我本来说好了要带朋友过来的，他们都怕路滑，半路就放了我鸽子。"

曼丽没好气地瞥他一眼，一堆衣服没挂完又多了个碍事的老凯瑞。别人路过从橱窗看进来，半老的老头正帮她扶着梯子挂衣服，指不定暗暗八卦他俩是什么关系呢！

老凯瑞终于也意识到了自己的碍事，找个借口就走掉了。下班后，曼丽顶着雪夹冰雹就朝着通往地铁站的商场里跑，头发从帽子里被风揪出来，在脸上刮得生疼也顾不上冷了。

突然在不起眼的星巴克拐角，老凯瑞摇下车窗向她招手，两只酱色的毛线手套在路灯下隐约镀了一层晶碴儿。

在车里曼丽跺着脚使劲朝手上哈着气，指挥着老凯瑞往公寓开。曼丽和一个差不多年纪的女生合租，快到家的时候老凯瑞问："你有车库钥匙吗？"

曼丽脑子里咯噔一下，还没说话，老凯瑞又赶紧补充："我是怕你如果有朋友，看见会不方便，车库人少，也不用冻着……"

她松一口气，一个人漂久了警惕性都成了本能反应，像动物一样要时刻警惕自己领地的安全。

曼丽看着老凯瑞一路上冻出冰花的围脖，矮墩墩的帽檐下伸出一个同样矮墩墩的红萝卜鼻头，这时正一起小心翼翼地看着她，生怕鸿沟似的年龄差让这和平翻了车。

周六，曼丽照旧坐在小酒馆里当打字机，却不见老凯瑞打桌球了，听人说他得了场重感冒。没有老凯瑞当藏在影子里的观众，她反倒觉得背后直发凉。

她一直用一种"随便吧"的态度处世，对家人对朋友，包括对自己都是懒洋洋地凑合。凑合没什么不好，不图惊喜就无须花心思琢磨，瞎琢磨是快乐的大忌。

老凯瑞应该是把家里唯一一个没坏的小电暖气挪去她家了，她能想象到这几天每天往冷库里钻的老头，现在正在几条厚被子里拧巴。

连排house到冬天还不如小公寓，曼丽刚来加拿大的时候就领教过，地下室里的泵说崩就崩，崩了就没暖风吹也没热水，一晚上人能把冰凉邦硬的床垫睡出凹。

你看，你开始瞎琢磨了。明明是他不知道为什么对你这样好，非喊住着急跳下车的你，颤颤地从后座里翻出一只"小怪兽"，包装盒一看就是东翻西找临时套上去的。是他把过分的好和善意一股脑儿强塞给你，活该生病，病了你也看不见。你这样想着想着就快乐不起来了。

曼丽这时才发现她和老凯瑞的联络都是靠缘分，不管人为的也好碰巧也罢，她凑合得甚至没花心思在意老凯瑞的手机号。

三

阳光头一次不吝啬地洒进老凯瑞的卧室，大病初愈的他正站在椅子上把落满灰的窗帘卸下来。

座机和热水壶一起响了，惊得他差点一个跳脚摔下去。

他请了三天病假，以为是老板又发现他的纰漏来催工。没想到是曼丽。

曼丽和黑女人要到了他的电话号，黑女人的大双眼皮笑出两道暧昧的沟壑。这次曼丽用更凶的眼神瞪回去，一字一顿地说："他是我的朋友！"

就因为老凯瑞足够老，她足够年轻，便也连普通朋友都不配做了吗？曼丽开始为老凯瑞鸣不平。

老凯瑞手忙脚乱地应着，他不太会交际，还得顾着烧开的热水壶，着实是个甜蜜的酷刑。

曼丽在电话里也一个谢字都没说出来，她觉得和老凯瑞说谢谢基本上就把他仅存的几句寒暄词都赶尽杀绝了，还不如过刑。

她告诉老凯瑞，她会尽快把他的"小怪兽"还回去，家里太热了，热得有点不习惯。老凯瑞忙不迭地朝话筒强调："不急，不急！等我再好几天邀请你来家里做客——周日，对，周日可以吗？"

孤独久了的人看见对方一丁点儿橄榄枝，就巴不得把所有水都浇灌上去，连痊愈都能框出个准确日期，奔着这个日期熬时间。

她周日一天没接到老凯瑞电话，正套了棉鞋出门要去超市买菜，看见他的小旧本田车趴在路边。

被敲下来车窗的老凯瑞有副没睡醒正恍神的表情，说："呀！"

"家里电话太老啦，没安来电显示，想着周日你肯定会出门，反正也是要来接你，就一早过来了……"他没心没肺地开心着，丝毫不介意自己蜷在车里睡了好几个小时。

他的家在黑人区，出人意料地在铲开雪的空地上停着两辆脏兮兮的车。曼丽还以为总是语无伦次的凯瑞是只没有伙伴的老孤鸟。

他窸窸窣窣地从翻毛大衣里摸出串钥匙，"我的朋友们都是很好很好的人。"边说着，从锁孔里传来一阵咔咔乱响，不捧场地附和他。

笨重的木头门总算拧开了，几只东倒西歪的鞋子躺在门口，从客厅里热情扑过来一个只穿袜子的大汉，"凯瑞！欢迎回来——我们已经开动啦！"

狭小的客厅里有两张布沙发，挤着两三个大个子，愈发显得凯瑞矮小，被搭着肩膀的胡子男强行错开了半截高。桌子上到处散着披萨纸盒子和酒瓶，另一个大胡子抱着老凯瑞的木吉他高兴得手舞足蹈，CD被他们翻出来摆在柜子上。

"你知道吗，我们凯瑞以前是很有名的摇滚歌手，从马来西亚来！"大胡子好不容易收拾出一个屁股的地方给她坐，自豪地说。

曼丽环视着，眼尖地估量这房子的陈设，不消片刻她已下了结论，老凯瑞远比她想象的更贫困又更快乐。

老凯瑞正忙着把他的咖啡壶修好，速溶粉喝完了只剩下油水蒸发没了的咖啡豆。曼丽绕开客厅那一帮张牙舞爪的人去厨房悄悄逗他，问："你怎么一直没告诉我你之前是个艺术家？"

他难得地做个鬼脸，皱纹都歪扭七八起来："哈哈，我不但是个艺术家，还是个马来西亚的王子呢。"老凯瑞在曼丽吃惊的棕瞳仁里笑得人仰马翻。

她算是发现了，老凯瑞没了这些人就像丢了那个最放松的自己，一出门就被看不见的箍子箍住念了咒。也或许这才是最真实的那部分凯瑞，可以生动还原好多年前生龙活虎的摇滚歌手——那个曾在一张CD封面上定格过的他。

"都是被太多事耽误啦，要是我有这些才华，我天天吃泡面都要一直唱下去！"胡子们被威士忌加冰块熏陶得莫名激动，竟忘了从进门就没和他们说上话的曼丽，都自顾自地设身处地感伤起来。老凯瑞不知从哪搬下来个软垫子，席地而坐，今夜他是主角，更是心甘情愿的忠仆，负责照顾好这群实打实替他操心的好伙伴。

曼丽想起他也一直都是这副心甘情愿的样子为她操心，操心她的才华被当枪使，操心她几平方米的小卧室断了暖。原来他们其实都活在同样的境遇里，怀才不遇的人不需要多言就有了共鸣，看不见扯不断的联系有一端系在她身上。

老凯瑞被灌了几杯，拿杯子的手也跟着音响里的鼓点轻轻点起拍子来，竟一拍不落。曼丽看向他的时候他就回敬去一束陶醉的俏皮眼神，搂着他肩膀进来的大胡子正兴高采烈地劝他酒，都吵着要听他在马来西亚的趣事。

"他真的是马来西亚的王子啊，凯瑞对人都特别好，穷怎么了？谁规定的王子一定要坐吃山空的？"又是一句插科打诨，给他坐实了王子的头衔。

凯瑞放下杯子如数家珍起平时锁在紧箍咒里的秘密，用他那断断续续掺了五湖四海口音的英文："我，十五岁，和家里吵架，不愿意被锁着，于是就出来，出来以后什么活儿都做过。母亲生病没回去，后来也不敢回去。"

大胡子们轮流拍拍他，仿佛都在一片晕乎乎的惺惺相惜里看见了他们的大半生。有一个马上从沙发上弹起来，自告奋勇要放一张极好的唱片。

曼丽也喝了不少，脖子红得像一根烫褪了毛的鸡脖子，她比在家里还惬意地霸占了凯瑞的大音箱，将半吊在脚上的拖鞋趿拉出节奏，音箱上的嬉皮士和她大眼瞪小眼。

她转过脸问老凯瑞："这人好眼熟，他的名字用马来西亚话怎么拼？"曼丽想为之前的不友好弥补，努力朝老凯瑞那派靠拢。

老凯瑞正吞咽一块披萨，五颜六色的馅料嚼成了口香糖。

等了半天没回答，醉汉都七仰八叉地望着他。

曼丽怕音乐太大他没听清又问了一遍，这下好了，老凯瑞的脖子涨红起来，像被掐住般从喉咙里含混地吐出几个气音，目光黏在披萨的一角上怎么也抬不起来。

四

她不记得她是怎么离开的老凯瑞家，那天晚上曼丽关了灯穿着衣服就躺在了床上，她掏出手机设置了静音，脑子里都是最后关门的刹那老凯瑞失措涨红的脸。

其实那脸已经很老了，是一次次的高谈阔论才勉强照亮了岁月的痕迹，那么明显。估计别人眼里的她就像一只愚蠢的飞蛾，廉价而不自知。

一直以来是场这么深的误会，让她不自觉地也误会了自己。

无情起来的曼丽开始理性分析老凯瑞的每一个故事，整理它们之间的逻辑，对不上号的碎拼图把他全部的好都拼没了——培养和摧毁信任，往往起于无数阴差阳错；她甚至开始怀疑他从一开始就居心叵测地编造出那些经历，让自己心甘情愿地在他编排好的情节里陪练了一番。

可就像一开始她不愿相信老凯瑞是为她好一样，她现在更不愿相信他是个坏人。

他自然是不会讲马来西亚语的，或许他那些所谓的朋友们也早就意识到了呢？默许真真假假的老凯瑞，变成一个笑话一般的谜，谁也不会揭穿。他们也像她一样"蹭"着这孤独老人的窝囊，"蹭"着不要钱甚至不必费劲的快乐，却没有一个人忍心让这霸占见了光。

她的没好气、不拿他当正派人看，包括之前那些不理解，都抵不上这次让他伤得惨重。分明她也在一场摸不着头脑的快活中放纵了自己，却在凌迟处死他的快活后逃之夭夭。她不得不承认自己才无情可恶到了极点。

曼丽写得明白别人的矛盾，却看不懂自己的故事了。

午夜她半梦半醒时候，看见老凯瑞的身影站在房间角落，似乎嗫嚅着想解释什么，礼貌又拘束地垂着手，或远或近地又听见他在说话。

她挣扎着摇头，试图从困意的网里浮出水面，伸手急急地拧开台灯。除了乖巧立正在墙上的家具影子，只有被阻挡在玻璃窗外的暴风雪声——呼啸着，拍打着，像哄着这座城市的纸醉金迷一起入睡。

老凯瑞之前送来的电暖器依旧小小的一只，在地板上安静吞吐着热风，亮着一簇微弱的荧光。

曼丽没有关灯，将脸埋进枕套里，心里陡然一酸。

天使进化论

他裹紧起了球的墨绿呢子大衣，没裹住的大白里子一步一掉，遮住大半个屁股。这背影仔细看看，还挺符合某时段的流行：长短不齐，青黄不接。

我不止一次用文字临摹过多伦多的夜景，现在要把他加进画面里，大多小康水平偏下又未及贫困的人都住在这个区。

他正裹紧大衣拼脚力时，旁边一排排红尖顶小房子在风声中站着，冷冰冰地与他擦肩而过。从复制粘贴的"红帽子"下透出参差的亮格子，这家刚开炊，那家可能已熄了灯。

转过这条街，他钻进一片更怯懦的矮房子里，木门上堆着一串串低窗子，随时扛不住就要落下来。

其中一个门里，他的小狗在几米开外"咔咔"地边蹦高边挠着。

总而言之，结束了一天工作他是快活的，大衣里护着一小瓶韩国烧酒。

他有个响当当的名号：黑洋李。黑洋李的"黑"全写在了脸上，黝黑发红的一张皮总是被笑绷得发紧，光滑亲切像颗成熟的李子。在华人超市摆货架时，不自主地拐出来几个音调不准的单词，是和香港同事学的，这便是"洋"。

黑洋李的年纪和来历一样是个谜，没人好奇所以一切显得顺理成章。

他拧开瓶盖就着瓶口仰脖灌下几大口甜酒，韩国烧酒不烈，下肚过一阵才慢慢生出火。在只有他和布丁时，被老家的一方水土养出的习惯就会彻底醒过来，比如这种抹脖式痛饮。那儿的男人都和他一样黑，淳朴得直截了当，他们都大手大脚厚脊梁，弯腰劳作时将自己扎在黄土地里，粗壮的骨骼是大写且写活了的"阳刚"。

早在踏进这片土地之前，他是由上一片土地孕育出来的。黄土高坡上盘踞着他过去的家，在他印象里总是灰蒙蒙的，那是他认知这个世界的起点。

几大口灌下去，黑洋李不由得想起每两天就在超市出现一次的那个女孩。

她不那么引人注目，又总时不时地把他的目光牵了去。白绒线帽子底下露出几撮发丝，低头时便多出来一小环温润的圆下巴。

在他那隔着大半个地球的家乡并不盛产这样的女孩，她们身上与生俱来的习性不适应黄土高坡的粗犷。

落在高坡上的女孩日久天长都进化出另一种阴柔，脸颊上的皲裂是天然的胭脂，有着鹰爪般的十指，注定以母性的角色护卫土地和家庭。

他不知道假如错生在那片黄土上，她还会不会有这令他着魔的魅力？他竟发觉自己的直肚肠里也有千回百转的柔情，这会儿被酒揉醉了、揉暖了。

不是他故意要跟踪她的，至少他从没想过要伤害她。

他承认自己耍过几次小心机，非要她在用信用卡买单时签个字，幸亏她的字整齐娟秀——"Alice杨"。

十个女学生里总有一个叫爱丽丝，他想，这该是个附近学校的女学生。

于是不知不觉，女学生爱丽丝的影子在他不动声色的观察与推测里渐渐丰满起来。

她总是找不到一种内销转出口的午餐肉罐头，尽管他之后刻意帮她摆在较醒目的位置；她喜欢吃带提子的白面包，和量大实惠的袋装芝士条；每周五超市关门前，她会急匆匆地挤进来挑限时打折的水果蔬菜，变成她下周便当里的炒菜和甜点。

　　那么在她眼里呢？或许她从来没注意过卖熟食的柜台后有一双挂在她背上的眼睛，它们甚至记得住她格子裙的暗纹；然后是一双粗大被冻出红裂纹的手，它们帮她数着她的喜好，跟着她挑拣的节奏起伏。最后才是最该被注意的，那张熟李子一样的憨厚圆脸，不笑的时候却有两条苦大仇深的笑纹。

　　他和她就像两条平行线，有一条总是落在另一条后面才得以平衡。

　　他跟踪过她不止一次，也充分证明了人家确实没把他放进眼里过。有次换班尾随着她擦过街角的便利店，她无心地朝窗户里张望，都没认出那慌张躲闪的眼神。

　　想来真讽刺，她没记熟他的脸的时候，他的眼睛早已同她的背一起活了。这让他偶尔想起时，腾地疼出被愚弄的悲凉。

　　他跟朋友去过社区教堂，一个牧师告诉他，十字架上的那个受难的可怜人就是上帝。上帝之所以伟大因为他可怜了所有人，把有罪的和有爱的都一视同仁了。

"你可以尽情忏悔，我的孩子。"牧师在胸前画个十字。

"我没有罪要忏悔。可他为什么非得让自己流血？"黑洋李目不转睛地盯着墙上的油画，看不懂的浓烈色块直撞眼，他替画上的人委屈。

牧师习以为常地笑笑，又说："他为你背了你的十字架，孩子，你看那些天使，他们就是上帝的福音。"

"爱丽丝，哦，爱丽丝。"他后来无数次鹦鹉学舌地品味着它从英文到汉字的变化，舌头不听话地打个弯，像是吟唱一句神圣的歌词。

或许真的有上帝呢，上帝在派来丘比特的时候，也赋予了他作为凡人所有对爱情的幻想，而"爱丽丝"是独属于他的，爱神的名字。他确实没什么可忏悔的，牧师说人可以爱上帝，那爱天使难道是一种罪过吗？

现在他晃着快见底的酒瓶，胃连着心都是通畅的暖。

这样想就对了，牧师是对的，人人在上帝面前都是平等的！他突然想给那个比他矮两个头的老牧师一个拥抱。

为了离天使更近一点，他该鼓起勇气做些出乎意料的事情，而这些说不定都是上帝的恩赐。

爱丽丝·杨正从距离他两个街区的一个小房子里探出半个身子，轻巧地一跨，小巧的身影在夜色下又消失了一半。

她右手拎着足够热的便当，一个让她在走夜路时寻找平衡的秤砣。

她最近经常给她的亨利送饭，走惯了以后都记得清怎么抄近路，数得清从第几个路口左转。

亨利有张瘦削的脸，不说话的时候像一边审视你，一边审视他画布上斑斓的人像。有时爱丽丝会盯着那些画作出神，是什么样的母亲才能孕育出它，并接纳它的不同寻常？肯定不会是像她妈似的，她妈心疼死了东一下、西一下地甩颜料，那得多少钱？

她经常想到亨利双手揭开饭盒的样子。她没有对艺术品评头论足的能力，只能替他的胃操心。

在小拍卖行见过爱丽丝的人都认为她是勤工俭学的女学生，她在黑洋李心里也是那副形象。她早已不记得是从哪一年开始，她提前告别了学生时代，关于女学生的幻想被强行定格在那儿。

她喜欢现在的工作，说是拍卖行其实不如叫它寄卖行，她是这里唯一的员工。

　　钻进那个小得不能再小的门里却别有洞天，过道两边的墙上挂满了风格迥异的画框，挂不下的大幅油画迎宾一样靠着墙根站成两列。走到转角，竟像童话故事里似的，一条弯弯曲曲的小木楼梯通向藏在地窖的宝藏。老板经常打趣道，他的店就是迷你版的聚宝盆，他是负责回收、兜售梦想的商人。

　　亨利是这儿的常客，和绝大多数顾客不同的是，他只寄卖自己的作品。老板极不喜欢他，他属于抠门儿又犟驴似的那类客人，肯出手的作品总是少得可怜；好不容易有人肯收，又精打细算地抱着不撒手。几次三番下来，亨利来的时候老板都躲在地下室里翻账本，顺道挪出来一条长廊，为一个月以后的私人拍卖会做准备。

　　有一次亨利没有提前预约不请自来，直追得老板措手不及。办公桌就在一推门的左手边，正对着外面的小街，爱丽丝猛一抬头，亨利熟悉的灰格子外套在窗外一晃而过。

　　亨利的手搭在门把手上的那一刻，老板已溜去了小楼梯口，不消片刻就看不到他的脑袋顶了。

　　只剩下爱丽丝一个人，和推开门的他大眼瞪小眼。他每次来都比上一次邋遢一点儿，爱丽丝看得出他很努力地洗干净旧衣服想显得体面些，却总忘记给自己刮胡子。

"老板今天没来。"爱丽丝不忍直视他满心期待的眼神，只能摆出更残忍的样子，低头整理办公桌上的杂物。

"他一般都在的。"亨利也知道自己是个越来越讨人厌的角色，索性破罐破摔地和爱丽丝扯皮起来，"我进去看看，顺便等他！"

听到动静的老板不得已从地窖里探出头，爬楼梯的这几步时间足够他临时换上一套热情的假笑："噢哟，是我的亨利来了吗？"

老板扭着腰装作吃力地爬上来，又补充道："今天没有客人预约，我在楼下打扫了一上午！"

看亨利眼都不眨，他走过来亲昵地拍拍他后背："下个月要办一场小拍卖会，把你的画加进去，喏，一起选一下？"

亨利这次是来换画的。他从袋子里小心翼翼地提出来一幅新画，和老板打着商量："上次放过来的那张我不想卖了，换成这张可以吗？尺寸都是一样的。"

老板歪着头假装认真欣赏着他要换的新作，以他多年的经验看，这张还不如上一张走俏呢。画上是一片灰蒙蒙的矮房子被麦田淹没了一多半，没有多余的点缀也没有层次丰富的布局，一般情况下色彩过于压抑的风景画在他店里都不怎么吃香。

亨利总共放过来三张画，放到快发霉了都无人问津。上次好不容易有个女人愿意买，问明白用途以后他死都不肯出手：女人要给厨房的墙上挂一张画，嫌商店里的印刷品都不够实惠。她选画的要求只有一个，物美价廉颜色艳就行。颜色多证明用的颜料足，和去饭店吃饭一样，量足的才不偷工减料呢。

和很多着急寄卖收藏品换钱的客人不同，亨利对即将出手的作品有常人不能理解的责任感。他关心它们之后的命运胜过关心他自己，他无法想象它们被粗陋地暴露在随意一处，被别人用买菜似的标准评头论足，这比直接被人扔了还要命。

老板只得好脾气地笑笑，好脾气是被亨利的善变生生提炼出来的："这可不行，上一幅已经记在拍卖会名单里了。"

亨利的眼神灰下去，他托举着那张还没装裱的画，木讷地定在原地。他舍不得每一张画，翻来覆去地挑拣是为了让自己安心。他对他的作品有近乎偏执的期望，偏执使得他和它们总像在生离死别。

爱丽丝就是从这个时候起，开始逐渐读懂了亨利。亨利和她是完全不同的两类人，从起点到终点都截然相反，可是她却先动了阅读他的念头。

她趁老板踱步去走廊另一端时，从桌子底下抽出几张大牛皮纸，将亨利的画细细地包起来。

"我给你收起来，他发现不了。这是我们两个人的秘密，我知道有不错的买家。"爱丽丝其实是给自己创造着进一步阅读他的机会。她可以瞒着老板将它放在抽屉里，作为一出压轴戏。真正识货的买家更关心没挂出来的私藏品，爱丽丝很懂炒画的门道，实心眼儿的亨利可学不来，她替老板先做了主。

"你的地址和电话留一下。"她漫不经心地说，余光也没看他，心里忐忑得要命。

亨利和她之间唯一的桥梁，或许就是他那串歪斜的字体，她将那张卡片像模像样地夹进备忘录里。真是多此一举，他控制着笔尖的力道，每一处转弯都圆润得造作，他努力写规整的单词却毫不费力地跳进她脑子里。

眼下，拎着饭盒的爱丽丝正踮脚穿过一片坑洼不平的水坑。她走这段路的时候偶尔会想起来她和亨利交集的开端。

亨利的画一直没有卖出去，那幅画被她里三层外三层地封印在抽屉里。因为所有冠冕堂皇的计划都是谎言，根本没有他期待中的拍卖会，那是老板为了吸引更多寄卖者搞的噱头：也就是几个常客坐在临时搭出来的茶桌前，眼尖手快地掠夺着不要钱的点心，比比谁更容易让人以为自己懂行。老板口中的私人茶道拍卖会，每个词单拎出来都不假，组合在一起又如此寒酸可笑。

她很多时候分不清自己是在诱骗亨利从而创造那条唯一的桥梁，还是抱着恻隐之心甘愿为他潜伏在店里。爱丽丝认为他俩才是一条战线上的伙伴，她对他的探索欲让其他条件都索然无味了；她"哄骗"他的同时也"哄骗"了她的老板，在她看来她现在在做的，恰恰是一种不见血的牺牲。

黑洋李借着酒劲来到了爱丽丝家附近的小路上，他想终止一次又一次的跟踪，在今晚一切将有正确的答案。

他本来想在小路边坐着等下去，等到她天亮时出门，恰好看见她提着东西出来，朝相反的方向走去。他控制不住自己的双脚，它们早和她的背影一起过活出惯性了，他跟在她身后，也为她巡视着周围的黑暗。

爱丽丝察觉到身后似乎有人在踏着她的节奏向前走，回头看时只有两排路灯。黑洋李藏进了路边的小树林里，等她甩开一长段以后才快步跟上去。

亨利这两年都居无定所，他留给爱丽丝的地址是他姨妈家，他常年住在各种人家的地下室，他只付得起这个。太拮据的时候，他半夜会溜进厨房偷吃几片干面包，是姨妈家挑食的小毛头早晨剩下的。大家都达成了默契，没人吃的剩饭会被神秘的清道夫回收掉。有时剩菜盘子旁边会给他留一盒新鲜的牛奶或是一小截火腿，是他姨夫背着全家偷偷藏给他的，那个妻管严的小老头是唯一一个没用不屑的态度糟蹋过他作品的家人。

他在后院里支起画架，准备画完最新的题材：一个被荆棘丛遮住下半身的裸体女人。他这次的灵感源于一个奇异的梦，他刚调好画板的角度，看见爱丽丝站在栅栏外。

姨妈家的老木围墙有一面是坏掉的，她不舍得掏钱翻修，就让亨利晚上睡不着的时候去后院画画，白天搬一架大除草机把那条裂开的空隙堵上。爱丽丝瘦小，刚好可以从那儿钻进来。

她鼻尖上冒着星星点点的细汗，开心地朝他晃晃饭盒，亨利示意她把饭盒先放在台阶上。他们的交流总是无声的，怕吵醒房子里熟睡的人。

黑洋李也走到了围墙外，他不能跟进去，便窝在那条空隙旁竖耳朵听着里面的动静。

他一动不动地贴在那儿，蚊蝇钻进他敞开的衣领里，有的被汗打湿在衣服上。木墙其实是由一列列细密的高栅栏围起来的，听了一会儿没响动，他又全神贯注地将眼睛贴在栅栏的间隙上。

后院装了壁灯，勉强从间隙里看得清亨利擦干净一张旧板凳，爱丽丝坐在上面，只留给他一条细窄的脊柱。

"呀，你真的把那个梦画出来了。"爱丽丝小声惊叹道。

亨利有快一个月没去拍卖行给老板找不痛快了，他火力全开进行着新一轮创作。半裸女子的眉眼还是模糊的，一只丰腴的手臂搭在胸口，被画里的荆棘刺出了点点血痕。她像一个圣洁无比的受难者，也像一个赎罪的信徒。

爱丽丝上次来找他的时候，他的画布上还毫无头绪呢。

黑洋李听到低语声马上望眼欲穿地往深探，他现在的样子都令他自己生厌。人龌龊地挤在石头堆上，魂儿一早就飞去了栅栏里。

他本来是想了结曾经的罪孽的，他向主忏悔过。他不该跟踪她，可他今夜又不可自控地做出了更低贱的事。他渴了似的偷窥着爱丽丝和亨利，在不能彻底尽收眼底的情节里，他就像吸附在他身上的蚊子，卑微地翕动着翅膀，命运随时都会被别人一个不经意的动作改写。

"这张画本来就是要送给你的，我那天其实是梦见你了。"亨利没有继续往下说，他怕他构思里半裸的女人会让爱丽丝难堪。

爱丽丝又惊又喜地脸红了，亨利这句话在她听来是一句告白。

"我打电话去过你店里。"他又说。

"去干吗？"她警惕起来，她下功夫遮着掩着的秘密要浮出水面了。

亨利沉默了一会儿，等着她的反应。他早该发觉不对劲了，她隔三岔五地来透露给他一些信息，悄悄将他和拍卖行分隔开。他就是在那些拼凑起来的喜讯里越来越信任她，有那么一瞬间他觉得她可以是无话不说的知己。

"我打电话找你，你不在，想约你看画。是你老板接的电话，他说的和你告诉过我的情况完全不一样。"亨利低头抠着画板上翘起的木屑，尖锐的那端划过指甲边缘，他真拿她当回事儿过，她是真蠢。

"不，不是的。"爱丽丝急着为自己发声。出发点完全不是这样，她想过会有这么一天，但不是现在。

她拼命地帮亨利物色买家，小拍卖行常年生意惨淡，老板口中的熟客都是各怀心思想搭伙做些小生意的大老粗。她相信是亨利的才华寄托错了地方才总被人误解，她也是一样；她现在巴不得浑身是嘴，她当时的企图过于纯粹，所以她也被误解了。

"我没想过要害你，真的——"

"可你一直都在骗我，你接近我也是处心积虑安排好的。"亨利作苦笑状打断她，他一激动就会耸耸肩，下意识表现出无所谓是他的盾牌。

"我在你心里，就是一个做白日梦的穷光蛋，你也和他们一样，根本看不懂我的画。"他极力抑制着分贝，嗓子压得生疼。崩裂的失望爆发在手指间，他的手腕猛地甩了一下，画上的女人被美工刀切割成半个扭曲的维纳斯。

他的指控让她醍醐灌顶般地清醒了。他控诉她的恶行之前，她还沉浸在一张未完成的画带来的感动里。

"那我呢？我和任何一个走进过你生活里的女人有什么区别？你甚至从来没有问过我的名字——我和她们唯一的区别，是你让梦里的我走进了你的画里，可我真的在你生活里吗，哪怕只是一刻钟？"爱丽丝问他。

亨利转转大眼珠，装没听懂似的看她。她连续讲一长段英文时会带出来奇怪的口音，单拎出一句，都和前后搭配得漏洞百出，在自己耳朵里都像在打架。亨利的母语这时候占了优势，他的母语让她又暴露出另一个丑陋低俗的爱丽丝。

她满心的委屈圈在舌头根上，吐也不是咽也不是。

他任凭饭盒在台阶上冷掉，几乎忽视了它；她只穿了一条裙子，她一个人走过那么多次夜路，他从来都没想过要送她回家。

那么，她只是他画里的一个灵感，连缪斯都算不上。她的欺瞒也许是丑陋的，他的无视莫非就并无半点自私的成分？

她爱上了一个没有名气的画家，她爱他的天赋，她靠近他、迁就他；她将带着烟火味儿的爱捧到他面前，他忽视了爱，只记住了爱的庸俗。

爱丽丝接下来的举动可以说是在打碎这场梦了。

她知道她在做什么。她解释不了她对亨利的情感，它的来龙去脉都道不明白，就算不由语言阻碍也难以启齿。

她不要再活在亨利的梦里，也不要再让亨利继续活在自己的梦里。亨利梦里的缪斯不是她，那只是他潜意识里的一个投影。被美化过的不是爱丽丝，是他所谓的艺术，是他自己本身。

围墙里外是两个世界。

黑洋李在围墙外看到的就是这样一个爱丽丝。她微颔首看着脚尖,背对着他解开裙子的拉链,她的悲怆和他只隔着那件半褪下去的裙子。

她干瘦的骨架在皮肉间撑起两弯弧度,像一对在夜空下转瞬即逝的蝴蝶。

黑洋李被那对飞不走的蝴蝶狠狠地戳疼了。

爱丽丝面对着亨利,把她这一生最伤人的话说出口:"你看清楚,我不是你画里的她。她只是你堆砌出来的幻想,你配不上你的幻想,才渴望我就是她。"

"而你也看不起我。"爱丽丝定定地看着亨利。

她说这些话的时候根本没考虑过逻辑和单词,反正在他的耳朵里都差不多。

他不敢直视她,双手痛苦地交叉在额前。她残忍地阉割了他的雄心壮志,从今晚开始他会受到来自他自己的诅咒:他要花很长一段时间才能想明白,他深埋在颜料里的那些所谓的缪斯,或多或少都是一场轻浮的笑话。

黑洋李在爱丽丝穿好裙子前离开了，他蹲在一处拐角里失声痛哭。他离她是这样近，但他的天使离他却这样远。

他的爱并不丑恶，爱丽丝的爱也是，错就错在他们都把目的当成了缘由。

爱丽丝再没有看亨利，她绕过了那个贫瘠的后院。已经快凌晨三点了，街上除了她没有第二个行人。藏在黑暗中的住宅区全靠零零散散的灯光照亮，她动一步影子跟着动一步，乖觉得很。

她即将经过黑洋李所在的拐角。

他万念俱灰地瘫坐在地上，爱丽丝经过时只看见一个不规整的身影，一个流离失所的可怜虫。

黑洋李猛一抬头，看见爱丽丝正往这个方向打量。他原本没想过要在这儿蹲点似的堵她，他以为她会走来时的那条路。

"你怎么在这儿？"

他话音刚落就后悔了，她以为他是一个什么熟人。太暗了看不清他的脸，所以她迟疑了一下，向他站起来的这个角落走来。

他真的不是故意的，主啊。在后面的事情发生前，在后院旁，他都没动过那样的念头。

黑洋李没得选了，爱丽丝离他越来越近。他在心里哀号，她最好现在就停下脚步，认为他是一个不正常的流浪汉，然后拔腿就跑，本来就该如此。

可爱丽丝偏偏没如他所愿，她的愚昧和天真在关键时刻推着她走向深渊。有了深渊，无辜便有了形状。

他站起来时就已经不受理智控制了。爱丽丝发现这个看似和她很熟络的黑影，也正靠近她，步子干脆利落。

他俩近乎面对面地"重逢"在狭小的死角里，她的本能才嗅到了一丝危险。现在反悔来不及了，他侧过身，将逃生的出口堵死了。

"你不会知道我是谁，你从来没有关注过我。"黑洋李比她高大许多，背着光她看不清他的脸，他仿佛在对着莫须有的空气喃喃自语。

"我见你第一眼就喜欢你，真的。你信吗？"黑影子俯下身子，一张脸靠过来几乎和她贴在一起了，鼻尖上不知是汗还是泪。她终于看清了他的脸，她记得他。

他没有亨利那双多情的手，可她记得。他的手常年戴着发黄的麻线手套，总帮她翻拣好她可能会需要的东西，因为这双不顾一切的手，他不止一次被管理员训斥过。

现在也正是这双手死死撑在墙上，她被箍在无形的囚牢里动弹不得，向前一步就离他更近一步。她怕极了他过深的眼神，那是两潭死水，死透了才隐约看见最深处的光，他先把自己刺痛了然后才来刺痛她。

爱丽丝躲不开他的目光，她只能紧紧闭着眼。他开始向她逼近的时候，她就预料到了无数种阴暗的可能性。

过了许久，他的头埋在她的脖领里，温热的泪水顺着她的锁骨滑向更深处。他还是那样一个禁锢她也禁锢自己的姿势，多余的话一个字都不必说，任何字眼此时都那么不合时宜。

她睁开眼，看见那颗绝望的头颅低进她怀里。他能想得到的无非是第一次遇见她的时候，在杂乱的货架旁，她对他施了魔法，然后她变成了他信仰里的一道光。他为她的存在设想过那么多不合情理的剧情，最后的这一幕却只感动了他自己。她一直是他的天使，可她也希望她只是亨利的缪斯。

他一直都是如此卑微的姿态，卑微到了另一个极端便和作恶毫无两样了。

黑夜里他什么都没做，一直保持着那样一个僵硬的姿势。他似乎当了一次他理想中有勇无谋的英雄，不曾想会留下一个罪恶又懦弱的投影。

"主啊。"她的意识已经开始混沌了，依稀听见他在耳畔呜咽着同一句话，"我见你第一眼就喜欢你，见你第一眼……"

这句被他不停重复的表白像一条黏腻的毒蛇，把她死死缠绕在他奇特的怀抱里，他的怀抱是一个备受诅咒的深渊。

她的身体不自主地贴着墙向下瘫软，近似半跪，半跪已经接近最原始的赎罪了，那么她和对面高大的黑影究竟谁才是罪人？她用手够到了一开头被摔在地上的饭盒，满满当当的一大盒。亨利作为一个局外人，竟也参与进这场角逐里，亨利的拒绝给了她翻盘的机会。

趁他不留神，爱丽丝从脚边捞起那块早已冷却掉的"秤砣"，使出浑身力气击向黑洋李的头部。她打得不是那么准，她记不清自己在癫狂的边缘击中了他几次。

黑洋李发出几声闷哼，他还是固执地撑着墙，双腿跟跄地朝前拖了几步，从背后看完全像是在保护她——他用最柔软的地方圈禁着他的天使，圈禁的初衷是为了靠近。

她最后一下击中了黑洋李的眼角，他吃痛地半瘫在墙上，用一只手去摸那只伤势惨重的眼睛。

这空当儿里，爱丽丝慌忙逃出他用双臂制造的囚笼。她刚脱离它，捂着一只眼的黑洋李不顾剧痛地想用另一只手把她拽回来。

他在剧痛下失去了平衡感和理智，他只记得自己抓住她的手腕向他的方向用力拖去，爱丽丝重重地撞在他旁边的墙上。她轻巧玲珑的身影在他仅存的那只瞳孔里颤了一下，然后滑出了他的视线外。

黑洋李抱起她麻雀一样的身子，她后脑勺没有流血，她的意识还在，只是撕心裂肺的钝痛使她动弹不得。她能感受到黑洋李紧紧将她护在胸前，他跌跌撞撞地抱着她四处寻找着一处舒适的地方，从他胸腔里发出"嗡嗡"的悲鸣。

他用手垫着她的头将她轻轻地放在一处长椅上。他在她身边坐了好久，久到她残留的意识告诉自己，他也许并不是一个恶人。

他的双手沾满了撒旦的罪恶，可是眼睛和身子却一直向往着主的荣光。

过了好一会儿。爱丽丝在一阵疼痛里睁开眼，月光挤进她湿

144

润的眼眶里格外醒目，像"艺术家"亨利给她讲过的那场触目惊心的梦。

而黑洋李，他在回家的路上奔跑着，穿过我开头给你们描绘出的那条小巷，帽子不知什么时候已被风卷了去，浑身的气力也快用尽了，从胃里涌上来一阵阵久违的腥甜。

他耗尽最后一丝力气倒在离家几百米远的公园里，长长短短的衣角一时跟不上节奏，从散开的外套里泄出去。

假如换作亨利，这个时候可能会痛心疾首地捶他的画板，为什么我会失手杀死自己的柏拉图？

他也会像黑洋李一样吗，当肉体是副臭壳子，在天亮前烘干最后一滴鲜血？

不，亨利是不会这么做的，他配不上他的柏拉图，他只会把颜料涂在不见风雨的白画布上，上面的裸体缪斯可能不止她一个。

要知道只有两种人才因无畏而更纯粹，因纯粹而更无畏：神的信徒和"无知"的人。

黑洋李仰面看着他倒地时突然从地平面升起来的建筑们，有种莫名的解脱，不知道自己在神面前该是哪一类。

或许天微微亮时，遛狗的人会被他满头的鲜血吓得尖叫，但他不在乎了。

他的四周此刻环绕着干草味儿，清冽如天堂。黑洋李费劲地在夜空中寻找着什么，夜空却将怀抱低垂下来，渐渐蒙住了他的眼睛。

拂晓前最后的时刻，他一动不动地睡在大地和夜空中，只有刚出生的孩子才会睡得这样好。

在新的梦里，天使爱丽丝不那么好看了。

小楼昨夜又东风

我一直很想写这样一座楼。

或许它的前身，是一片色彩模糊的老厂房，拆了又建，建了又改，于是从坑洼不平的废地上逐渐翻建出它的模样：冷峻的硬线条，谈得上精简，但又谈不上高档，正因足够现代化而足以包纳形形色色的过客。

一座公寓楼有时恰恰才是一条街的核心，围绕这楼里的人的欲望和需求，一排排商户、门脸应运而生并风生水起，逐渐催得这条街上各产业链瓜熟蒂落，定型甚至转型。

由那些从天南海北汇聚一堂的人们拼接而成的商业街从本质来看，也是"流亡文化"的集聚地，既欣欣向荣又众口难调。一种原生文化与另一种的磨合，往往会伴随着消亡，但这并不是件坏事，人的创造力马上就会像新文化崛起时一样蓬勃。

海外很多城市里常有一条唐人街，接着再日积月累出一条韩国街。唐人街我在之前的作品里描述过了，而韩国街更像是一个不断旋转着的魔方，时不时便鸟枪换炮，组合出另一番时髦风情。

我此刻在脑海中遥遥观望的，曾居住过两年有余的小楼，就藏在"魔方"的尽头。

这是流亡文化中一座楼的故事，也将是"魔方"的故事。而里面的人啊，包括我，只是每个剧本中的小人物而已。

（一）同居时代

李曼丽从一堆家务里抽出身子可不是一件容易的事，她正匍匐在洗衣机前擦掉上礼拜的污渍。

她本不叫李曼丽，叫"Molly"叫习惯了，就顺便拓展成了曼丽。

上个月她从韩国街上一家华人服装店辞了职，混那一小时十加币不到的现金工比让她给人当"枪手"更揪心。"枪手"可以是所有没有名字帮人打下手的"活雷锋"的统称，唯一的不同是她每帮人写一篇稿子，人家给她算点儿零头。

曼丽前几个月决定试婚，她没得挑。男方是从国内某个二线城市迁居来多伦多的，从相亲到订婚都水到渠成。说媒的人忽略了她在服装店当销售员的现实，在巧舌如簧多重包装下她变成了旅居多伦多的业余作家。从本质来看，倒也不完全假，她确实还没拿到身份，枪手确实也称得上是不留名的作者。

如果他没撞破她离职前在店里忙活的场景，之后可能也不会有亨利的出现了。

那天下午他隔着窗子错愕地观摩着她蹿上蹿下时，她正利落地给光屁股模特套上毛衫，脚边扔满了包装袋。

他们同居的公寓楼就是我开头提到的那栋，俩人一人一半租金，住十楼，不高不低，正好看全整条韩国街。

回家以后，她照常去卧室换衣服，他一直以为曼丽是结束了一天的采风。在他的下意识里曼丽与人间烟火是完全相悖的，他认为写作这种职业就像他平时整理合同一样顺理成章：闲了采采风，再加上老天赏的一星半点儿文笔，全当是思想充沛玩情怀的小资格调了——情怀，那总是要脱离掉一部分现实的。

他气就气在曼丽打破了他的惯性思维，也降低了她在他眼里的格调，他顶善于归纳总结，却不愿承认自己的空乏。

"你没必要骗我，我也不是图这个。"他光脚时候和她差不多平行，坐在圈椅里马上矮了半截。

圈椅是他执意添置的，美其名曰便于她创作，但大多数时间都是他陷在里面看文件。他在创业公司当"木偶人"，薪水微薄但蓝图巨大，前年刚办完身份，上班也是为了上给委托的中介看。

曼丽不解地看他，她从不认为当售货员是件不光彩的事，难以启齿的该是她"卖"自己，卖掉了理想也卖掉了公平。她知道今天他看见了"真相"，真相就是他其实一直企图窥视、钻研她的细枝末节，不巧她也没藏着掖着。

不是图这个图什么？曼丽定义的婚姻有两种：什么都不缺的两个人拿灵魂结合，以法律的正当名义；又或者什么都差点儿意思的两个人企图结合，以法律的正当名义当名义。所以，她想，同居试婚有时真是块带着铜臭气的试金石。

之后曼丽便学聪明了，不该插手接话的时候也像他在公司一样当木偶，试婚也是份工作呢。

要是亨利不出现，她会多省出一堆情绪，她已经好几年都节约惯了，首先节约掉的就是情绪。

亨利，就是我之前提到的那个苍白画家，也是这一系列故事中唯一一个纯正的加拿大籍白人。他祖上不知从哪个寒冷小镇扎根到这儿，常年不见天日地绘画，养出了一个细白木柴似的亨利，十个大口吃牛肉吃黄油长大的兄弟里看不见一个他的"同类"，他便因此成了一个异类。

从小，叫亨利的小儿子就满脑子艺术狂想，年龄长了脸盘长了，体型却像一头被困久了的小猎犬。他的祖父、父亲、哥哥们都这么讥讽他，顺手拎起他的脖领子将他从旧画架后面提出来。

掉了皮的画架是他自己照着样子拿废木头钉的，画板是买的，花掉了他口袋里为数不多的几个大头——他帮邻居喂猫的报酬。他喜欢贴着脸闻他的画板，它散发的味道有动物的灵性。在没被打磨成方形前，它是一根新鲜茁壮的圆木，农场里的动物都绕着它转想在它身上留下自己的气味儿，人也不例外，人类最原始的起点也是动物。

当亨利出现在韩国街时，他显得格格不入。他在路边支起那个画架，不卑不亢地等待来往的人驻足。

曼丽一眼就看到了他的小摊，小摊的主人就端坐在那儿，蓬乱的卷毛和画板都潦倒得一塌糊涂。

她的脚比她的理智更向前一步。她现在还不知道她从这里开始，注定面临一道超纲的选择题。

"你天天都在这里呀？"曼丽脱口而出时就意识到这是句废话。

"我天天都在画画。"亨利从成堆的粗粗扁扁的颜料管里抽开身，慢慢把下午第一个主动和他说话的路人看细了。她的五官单拎出来称不上好看，没有那么尖的下巴，眼睛是两条缩小版的银鱼，一眨不眨地从画架打量到颜料盒。

七零八落的难堪被她尽收眼底，可她并没有走开。

"多少钱画一张？画我。"

他酝酿着今天的第一句开场白："五加币一张，色彩和黑白我决定，你不满意可以不给。"

曼丽坐下来，她侧过半张脸微阖起眼，她不着调的刻意，使这一切仿佛是个庄严的仪式。

过了一会儿，大半张脊背埋在画板后的亨利终于甩甩被炭铅蹭花的左手："你看看。"

画纸上是一个夸张化的曼丽：眼睛害羞似的紧眯在一起，嘴角向上翘着，耳朵边还细心地别上了一朵蒲公英，已经被风吹开了一半，被吹走的小伞兵们才让画上的她眯了眼。简单的线条有张有弛，曼丽在这张画里有了比本人更丰富的层次。

她惊喜地"呀"出声，亨利有些小得意地看着她。

曼丽从钱包里翻出五元钞压在他的颜料盘底下。亨利方才只顾着画画，八角帽不小心掉在了地上，可怜兮兮地露出了发黄的内衬里子。他忙把帽子捡起来拍打，没留意曼丽已经拿着画走远了。

"这是谁？是你？五块钱就买张简笔画，抽哪门子的风啊？"

曼丽没好气地瞥一眼他，把画仔细贴在一块硬纸板上，准备用保鲜袋代替装裱的玻璃，她在省钱方面能省出花，他最佩服的就是这点。

自上次他揭露她当售货员之后，她总有意无意地和他冷战。他也觉得没劲透了，一开口却又不在一个频道。

他悻悻地看了一会儿，又说："你喜欢就挂在房间里吧，好好裱一下。"这就近似讨好了，曼丽可不认账，说她不识好歹她也认了。

过了几天她找个借口说出门应聘，做完午饭就出了门。临走前他喊住她："回家前记得买些面包，上次去的那家超市，黑皮法棍你记得吧？这周我都没空去超市。"

曼丽随口应着，心想他哪是一周都没空，超市就在楼下，为躲开婆婆妈妈的琐事，他可以周周都没空。

想着想着，她不自觉地把自己领到了超市门口。出人意料地，门口聚集了许多人，隐约看得见亨利的八角帽被踩在地上。

原来是亨利的移动画摊摆在了这儿，不巧遇见一个想占便宜的赖皮。那赖皮欺负他瘦小，不怀好意地一个劲把他往画架上推，颜料管掉了一地，帽子更不知被谁踩出一朵花。

他一边平衡着自己的身体，一边和赖皮据理力争。余光瞅见曼丽的身影，又做贼似的躲开，比起前几日画画时的意气风发，他现在为自己不占优势的外形感到羞愧。

曼丽心里一阵窝火，也不管三七二十一了，动手拨开几个人就挤进去。

她知道自己凶起来就不顾脸面，顾不上对面的赖皮怎么用恶心的想法糟践她和亨利的关系。

"你不喜欢就把画留下，拿走画就得给钱！"曼丽拿出小时候大闹菜市场的气势。

赖皮不怀好意地咧着嘴，油腻腻地看看亨利再看看她，把她从里到外都翻过来。

曼丽又用英文重申了一遍，边说边掏出手机。

"不给钱还打人就是抢咯，我们报警吧，哈？"她扭头问亨利，手指已经按在手机屏幕上了。

赖皮不赖了，他没想到事情发展到这一步失去了全部乐趣。他本就想恶作剧一场，欺侮欺侮这穷酸"艺术家"，他刚刚就那么讽刺他，叫他"卖艺的小臭球儿"。

他从口袋里摸出一沓零钱，又挑出一张面值最小的票子，别在亨利的画板上："你下次别这么走运啦，小混球儿，让女人帮你出头。"他挤眉弄眼地说，顺势比起一根中指。

亨利低着头，在地上寻找着他的八角帽，他保持并重复着这个动作，才能掩饰眼睛里的难过和羞愧。

"别摆了，赚不了几个子儿。你一天能画几个人？"曼丽帮他收拾着颜料，铝管已经磨得没有外面那圈贴纸了，也不知他平时画画是怎么分清颜色的。

"要摆的，要吃饭，要活着，我只会做这个。"亨利小声辩解着，没有回答她的问题。

"我叫亨利，亨利·查尔斯。"

"李曼丽。"

她这才看全亨利的脸，一头浅褐色的细卷毛，一对再过硬的刀功也割不出来的天然大双眼皮，睫毛细密地上下翻卷着，他的血统一览无余。

等她从超市里出来时，亨利还在门口坐着等生意。她拥着两个大纸袋，几根法棍面包仙人掌一样探过鼻尖，她只得挺出些肚子兜着力气。

"我帮你拿！"

不知是不是由于下午她的义气相助，亨利也摩拳擦掌地踊跃起来，迎上来从她吃力的怀里抢夺着纸袋。

"你的摊子怎么办？"曼丽担心他的小摊又没人管。

"你家远吗？"亨利问她。

"不远，超市后面就是。"曼丽脱口而出，她反应过来自己是想故意"麻烦"一下他的，她的娇气和耿直都一齐跑了出来，跑出来另一个曼丽。

我完全理解曼丽的心理活动过程，尽管她现在还浑然不自知。一旦一个女人对一个刚认识不久的男子莫名多了娇气，很大程度上她是有几分喜欢他的，最清浅的好感让她自己本身走了调，走调是罗曼蒂克的开始。

亨利帮她把袋子抱到公寓楼下，突然停下来看着她问道："李，你不是自己住，对吗？"

曼丽一怔，说："我们正在试婚，没有谈恋爱，是同居。"她发狠地抠字眼，"没有谈恋爱"这几个字更像是特意解释给亨利听的实情。

"你爱他吗，李？"亨利眼睛眨都不眨，睫毛越发成了累赘。

曼丽还从来没想过呢，她不愿意浪费心思在无关紧要的问题上。

"爱是要慢慢来的。"曼丽只能这样如是说。

亨利开心地把面包塞给她，脱下八角帽学着谐星朝她滑稽地鞠了一躬："谢谢你今天出手相救，我的曼丽小姐，提前祝你晚安。"

曼丽老年时回忆起她和亨利，亨利的面孔和那些画都模糊不清了，连故事的情节也混沌了头尾。她这一生听过无数祝词，祝你幸福，祝你健康，祝你平安，再没有人和她说过祝你晚安。她在那时仔细检索着记忆，也只找到这一句，是现在二十四岁的她不留神装进心房的。

她接下来的一连几天都想着亨利，她想自己真是疯了。

亨利也一连几天都在超市门口摆摊，他不明白他为什么会无可救药地陷入一场又一场等待。没人光顾小摊时他就百无聊赖地瞎画，他笔下的每一个喜怒哀乐的人物都像曼丽。这个东方小女子因与生俱来的"东方"而更加传奇。

我替他俩的下一次相遇着急。曼丽很久很久没有过这样的感觉了，她莫名地被一种神秘的情愫牵着鼻子走，思念或不思念都变成一份忧愁。她只知道他叫亨利·查尔斯，他和她之间只靠那个流动的小摊维系着，他们甚至只认识不过三天。

老年的曼丽半靠在轮椅上，终于为前半生曾深埋在心底的情愫得出了结论——古往今来爱的起源总是千奇百怪，当她确定这是爱之前，他们的灵魂率先相爱了。

二十四岁的曼丽终于坐不住了。她去超市的频率高起来，除了抱回来一堆法棍面包，还可笑地拎回家几根带血的冻棒骨，她压根儿没注意自己挑拣了什么。亨利的小摊已然不在门口了，不知随着日益炎热的天气流动到了哪里。

"这个要怎么吃？"他打开她最新抱回来的袋子，从里面抖出几根大芦荟，哭笑不得地说。

看她没接茬儿，他又问："是做糖水吃的吧？你爱吃吗？"

他的婆婆妈妈里藏着许多疑惑，她一连几天顶着大毒日头殷勤地跑出去，就为了抱回来这么一大堆俩人从来没实验过的食材？

二人冷战多日总算齐心协力了一回。他费劲地削洗干净芦荟，又将棒骨的血水好好清理干净，忙得手脚齐飞，倒也其乐融融。

曼丽这几日带回来的食材变出了正式的三菜一汤，有大酱棒骨汤、面包、炒菜，还多了一道糖水芦荟作甜点。集中、西、韩于一体系的混搭烹调法，不费时又不挑胃口，是他俩共同的默契。

她认为她再也不会见到亨利了。

直到她那天下午路过韩国街的某个拐角，亨利没有戴八角帽，她一眼就认出来那头乱卷毛。

韩国女人萨娜的小酒吧下午三点准时开门，亨利是第一批客人，他的行头不见了，坐在露天的小圆椅里，像一枚流浪的果核。

"李！"亨利看见她马上雀跃起来，朝她挥挥手。曼丽眼尖，发现他手肘上多了几块触目惊心的青紫。

多日不见，亨利老了一大圈，胡子憔悴地悬在下巴上，没了小摊和画笔的他可以和街头任何一个落魄男人重合。

曼丽的目光从他脸上慢慢移到桌子上，几只廉价的易拉罐东倒西歪，却一点点食物也没有。

她很容易触景生情，和她曾经的梦想有关。她狂热地写作时，经常揭不开锅，能往肚子里装酒就绝不装粮食。以亨利的才华可以随便替人画画赚糊口钱，他却死都不乐意拿"出卖"作品换饭吃。

"那和我摆摊帮人画肖像不一样的，李。我摆摊画画是卖手艺，我是一个手艺人。"亨利忐忑地说，他生怕别人认为他是艺术家，他觉得自己配不上被指认为是某某家。能称得上"家"的人，不会像他一样被醉酒的小混混卷了摊子丢进垃圾桶里。

曼丽突然想起了老凯瑞，那是第一个因她文字里某一句话掉了泪的人，亨利根本就是他年轻版的复制粘贴。她和凯瑞都"进化"成后来的李曼丽和老凯瑞了，可亨利一直都是亨利。她真心实意地为亨利心疼起来，假如有条件，她愿意替亨利捍卫永远做亨利的权利。

她借口去洗手间的工夫，在吧台点了两份餐，特意嘱咐其中的一份要加双倍的薯条。低廉而量足的汉堡套餐极可能是亨利几天来的第一餐。

萨娜的炸薯条从没让人失望过，每一根都闪烁着厚实的油脂。

"太好了，太丰盛了。"两个冒着油烟味儿的大盘子端上来时，亨利喃喃地说。

"李，你知道的，我负担不起它，它太好了。"

他一迭声的"太好了"让曼丽开始无地自容起来，她是多么任性地将他极力掩饰的难堪摆上桌，面前的亨利渺小得低进盘子里。

"我拿画给你，李。不要拒绝我，这不公平，你请我吃这么好的一餐。我家里有很多，你去慢慢挑，如果你不嫌弃的话。"亨利说到最后一句时，带着浓重的鼻音。

"你一定会有钱的，亨利。你会出名，会吃许多许多顿比今天好的饭菜，你不要有负担。因为你的画就是你的宝藏，我相信。"曼丽发自肺腑地安抚着他，她想将这颗因尊严而低垂的乱卷毛脑袋拢进怀里去。

她发现一个女人在爱上一个男人时，本能做出的一连串反应是完全母性化的，他们之间不需要公平。

他的家是在一幢小房子的地下室里，韩国街的某片分支上都是这种积木一样的小房子，地下室被压缩成简易的起居室出租出去。

亨利的地下室是分门出入的，杂乱的后院竖着快一人高的废品，他口中的"家的大门"就藏在废弃的手推车旁。

"房东很懒，一直都是我替他除草扫雪的。"亨利满不在乎地笑笑，似乎这都是他分内的差事。

曼丽以为在外面潦倒不已的亨利会有一个邋遢的小窝，进去以后让她大吃一惊。

毯子四四方方地铺在床垫上，地上叠着几根干净的木条。亨利的作品们有秩序地排着队，从墙上蔓延到做饭的台子上再到各个角落里，像一道瞬息万变的彩虹。

"李，你喜欢吗？"曼丽回过神来，亨利认真地问她。

"你喜欢这里吗？不要走，李，你不爱他，不是吗？你懂我，我也懂你，我不在乎时间的，你可以当我们认识很久了，我们还有更久的时间可以正式认识，时间只是虚数。我爱你，李——我因为懂你才爱你。"

亨利的表白来势汹汹，他不管这些话按什么章法跑出来。

曼丽的理智快被满满的热塞满了，满得她忘掉了正在进行中的试婚计划，也忘掉了自己。

"我要走的，亨利。我挑几张画就走。"她索性心一横，话也狠了起来。

"可你们是试婚呀。你是自由的，我也是自由的。"亨利不解起来就是个打破砂锅问到底的孩子。

曼丽不忍心看他偌大深情的棕眼珠，一个男人的深情愿意宽容到这份儿上，只剩下一脸的懵懂。

"李。"他看她没动静，又小心地补充，"我们会在一起的。"

"我给你画很多很多的画，我只画你。我现在只有这个，你说过——这是我的宝藏，它们会变成钱，对吗？"亨利执拗地强调。

他只从文献和电影里了解过古老的东方。着一身红衣红鞋的曼丽从花轿里下来，上面绽放着咒语一样的绣花，他隔着那种叫盖头的面纱仔细看她，曼丽和东方都是沉甸甸的谜。

他们的交集既然已跨越了种族和文化，如果需要的话也跨过所谓的伦理吧。他着魔般地幻想她，这将成为他最隆重的一个幻想。

曼丽知道自己的眼泪正从两颊淌下来，蓄在眼眶里太久了，两尾细长的银鱼尾巴悬不住它们。

她无法开口告诉亨利，他们永远都不可能在一起。为了她能完全理解他刚刚的誓言，她也要离开他。

她读懂了他夹藏在英文里一股脑儿的热忱。换作是几年前的曼丽，她也会那么说：我愿意永远和你在一起，我愿意写你，我只写你；我能给得起你的只有这个了，我全部的身家和理想都在这儿，连同我一起都给你，你就是我的理想。

她比他更遥远地望到亨利正式落入柴米油盐的枷锁的样子。他终有一天会静下来否认，否认他们之间不明不白的爱，否认自己的梦想，也许是在他垂垂老矣之前。

他此时还没有领悟到，他之后很多作品里呈现的乌托邦式的爱恋，是靠千万种不圆满的可能性才使他铭记一生。

那几年被强行省略掉的曼丽和现在的曼丽都爱他，太接近原始的爱有时是一种罪过。

曼丽回家时，打开门之前她就做好了大吵一架的准备。在他们冷战的这段时间里，他一定也在衡量着这场既定的婚姻的意义。

桌子、椅子、吧台一尘不染地立正，他正窝在窗户边的新椅子里赶工作。那椅子太小了，比以前置办的圈椅小了一大圈。

猛一抬头看见曼丽，他忙不迭地从一堆文件里翻拣出几页："我给你发过信息，我上网找了一些适合你的工作，你应该看看。"

他有点儿不知所措地挠挠头："我看到你写的小说了，这些日子我有空就看……写得真好。我是说，我可能没有资格评价，我不懂文学，但我爱看。"

他没有问曼丽消失的一天都去了哪里，或许他也在日复一日的想象中补圆了曼丽还没来得及开口承认的事实，他不问。

曼丽组织着语言和思绪，她不知道要不要坦白她和亨利，其实也没什么能坦白的。她这么告诉自己，如果有合适的时候也将会告诉他，只是韩国街上的一小段插曲罢了，艳遇都称不得。

他总是伏案工作，脖子有些微微向前伸着，微驼的姿势使这时的他像极了一个没脾气的老丈夫。仿佛他们也从未真地起过争执，全是因斗米尺布引起的小打小闹罢了，又有哪一段看似完美的婚姻能跳得出这些呢？

曼丽做了前几年被省略掉的自己从没想过的决定。这个决定将彻底抹去那个自己，也抹去那一场称不得艳遇的艳遇，在一切落了俗的结尾里，它出现的频率胜过"我爱你"。

他和她都清楚地听到了，她说："我们结婚吧。"

窗外的韩国街上，是一片熙来攘往的热闹。

（二）小楼野史

八楼的陈太仿佛不属于韩国街，但她实实在在地住在这公寓里。

陈太这名号也是被人叫出来的，乍一听总以为是个老香港小妇人的爱称，例如电影《花样年华》里的陈太苏丽珍。

我们这个陈太独居，也许她有一个姓陈的丈夫，楼里也没人去细问，渐渐她的职业和身份就和"陈太"长在了一起。

陈太不像电影里的陈太一样爱穿风姿绰约的花旗袍，不用旗袍或是别的什么将自己定格在某一段时期的文化符号里。

时空交错，跨过涂脂抹粉的老香港，我们的陈太从现代电梯里走出来，步子也是稳稳地婀娜。

她的小店就开在韩国街上，店里只有一个员工李曼丽和五个九头身假模特，省成本。陈太对自己的审美相当自信，她从不卖爆款，搬来大牌的同款稍加改动就成了她自己的手艺，且每款只做均码，她将它戏称为"高级定制"。

韩国街上到处都是被文化符号潜移默化的女人们，她们的莺歌燕舞流转之间都是无声的。女性的消费趋势彰显着流亡文化的融合，她们带领着整条街的风向标。

陈太也难逃风向标的掌舵。从韩国、日本本土上席卷而来的潮流，迎合着各路女人的心思，冲淡了年龄、国界甚至性别。

她的审美和她未曾谋面的丈夫一样令人难以捉摸：暗花毛呢子短外套底下伸出一条到脚踝的素麻裙，手腕间缀着一只玉镯，却梳一头有棱有角的短发。这装扮在唐人街上怕是会不伦不类，在这儿却是曾风靡一时的复古混搭法。法式、中式、日式，随你分开来怎么归类，紧凑在一个身子上毫不吝啬地各显神通。

李曼丽来应聘时也吓了一跳，当时正流行大色块，五颜六色的陈太坐在柜台后热情地向她挥挥手里的电话。

不光是曼丽，陈太的"男朋友"也经常大吃一惊。加引号是因为他们的关系微妙到了一个点上，在旁观者眼里和男女常有的暧昧情感没有多少差别。

他偶尔过来帮陈太看店，看得比陈太自己都上心，他有张粗线条的脸，却比陈太更精于算账。曼丽稍微偷一会儿懒，都被他尽收眼底。

　　陈太和他最近都有一阵没来小店了，婀娜多姿又艳丽无比的陈太像逾季的花朵一样枯萎。

　　她谁也不想见，天天憋在小楼里静养。偶尔有熟人看到她出门丢垃圾，头巾将整张脸掩过去一大半。

　　谁也不知道陈太究竟得了什么病，只知道不是什么大病，因为她丢垃圾照旧会丢错垃圾桶，被保安抓包时解开一小段围巾和他据理力争。她的辩论经常铿锵有力且毫无道理可言，旁人试着猜想，看着神秘的陈太竟也逃不出更年期的诅咒。

　　是啊，陈太将近四十岁了，离更年期还有好几步之遥，万一提前了也说不准。我们不知道陈太的真实年龄，这只是一个猜测而已，不是重点。

　　重点该八卦的是陈太在哪儿认识的新的男人？他看上去比陈太大出去一整轮，亮出护照又让人瞠目结舌，他今年九月份才不过四十二岁。

　　让我帮大家寻根溯源吧。讲讲曼丽在陈太店里上班之前发生的事情。

陈太是从临近唐人街的一个街区里搬来的。

搬家之前她托朋友打听着房价和中介，执意要将花园小洋房换成两室一厅的公寓楼，她新盘下的小服装店在韩国街上，这里近些年愈发寸土寸金。

朋友委婉地告诉她，她肯出的价没人乐意接。就在这个节骨眼儿上，老沈冒了出来。

老沈说，既然经济都不景气，房价高涨意味着买房的人数量就会下降，有人愿意出钱就无异于豪赌，无关数目，也不失为一次投资。他充当中间人的角色，将陈太和房主之间的买卖谈成了。

老沈对陈太的好，是陈太也意想不到的。谈成以后他一分钱提成没赚，悉数返给了她，她向来都是"见钱眼开"，从这件事开始，便逐渐和老沈又走得更近了些。

老沈颇有女人缘，拿陈太朋友们的话来说，把她们的丈夫集合在一起，也顶不过一个老沈既解风情又能干。他是一个完美的矛盾体，把世故和风情都糅合于一身。

女人偶尔的小俗气在老沈这儿，都名正言顺地浪漫起来。

三四个鲜艳热情的超龄小女子挤在老沈的小汽车里，似乎到了这年纪她们都开始偏爱珠环翠绕。她们总占老沈的便宜，让老沈载她们"顺路"逛街，邀请他"顺便"去尝尝市中心新开的饭馆，老沈也笑嘻嘻地买单。

老沈确实聪明绝顶，陈太和他们一连逛了几次街心里早有了谱儿。

"三好老沈"不光有女人缘，女人的丈夫们也都和他称兄道弟，吃谁的飞醋也不会吃老沈的呀，谁不知道自己家婆娘抢着占人便宜？有老沈当司机陪她们逛街的空子，丈夫们更得了理由出门潇洒，他们简直要谢谢好人老沈肯牺牲自己周全他们。

周末，王太总爱拉着大家去她家打牌。她丈夫的个头和她一样高，穿一套夹金色暗纹的绸睡衣，他俩像一对热情、光滑的弹珠。

王太这次也邀请了老沈，邀请老沈是醉翁之意不在酒，她们想借此帮陈太摸一把底。老沈的好远比不过他的神秘让她们感兴趣，谁不好奇老沈的职业、背景？她们只知道老沈不稀得铺张浪费，和自家男人一比，通情达理的老沈简直朴素到极点。

陈太自从认识老沈以后，渐渐也不赶她的"时髦"路线了，以前她在一只手腕上叮铃咣当戴过好几只镯子。老沈告诉她，精简得体就是时尚，顺便帮她选了些样式打版制衣，销量竟出奇得好。老沈的精简哲学在她周围的太太们眼里，是一种退化。

王太的丈夫悄悄将她拉到一旁耳语："他全身上下看不见一个名牌，料子却高档得很呢。"

王家不是很大，却处心积虑地在装修上下功夫。陈太看着吊顶上硕大华美的水晶灯，它相对于整个空间而言是个庞然大物，显得摇摇欲坠。

这盏灯是他们乔迁新居时另一个太太送的。据她自己说是比利时进口货，独一份，价格和交情比根本不值一提嘛。说完没几天，一干人马到市中心逛街时，就在路边一个小家具店里看见了它的同胞们，将狭小的店面挤得水泄不通，而标签上的价格让人啼笑皆非。

陈太和她们相识到交好，是因为前夫。离婚之后听说他有组建新家庭的打算，和这个圈子淡了联系，她们也就正式变成了她这一方的朋友。

"老沈，别客气啊，你会玩牌的吧？"王先生一面招呼着老沈，一面用胳膊肘暗戳王太，示意把好茶好烟摆出来。

"玩过桥牌，别的不是很懂，没有你们懂生活。"老沈哈哈地笑，进门以后他被满屋子大张旗鼓的阔绰冲晕了眼，往这儿一坐，主人倒被那些静物抢了风头。

王先生没听过桥牌，和王太对视一眼又发问："德州会的吧？扑克而已，很有趣的。"基于有限的学识，他的确不知道桥牌也是种扑克游戏，如此发问让老沈进退两难。

"我们这个茶哟，是专门托人从英国带的，我记得那人说是皇室御用的一个牌子，对吧？"王太端上一套崭新的欧式茶具，帮丈夫找补着没炫耀出去的面子，杯子上满是大朵描金边的月季花。

老沈只得笑着吹了吹茶叶，茶是好茶，就是王太学电影里的派头往里面丢了太多方糖，反倒失了风格。

陈太已经搓开麻将了，她手气向来一般般，记牌也不得章法，每次来王太这儿都得放次血。

王太暧昧地看着她又摸错一把牌，转头调侃老沈："输了不打紧，老沈兜得稳！"

几个太太一起在牌桌上起哄，陈太望一眼老沈，他比她的处境好不到哪里去，王先生正拉着他大谈生意经。

王先生一谈发家史，身量立马从睡衣里蹿高一大截。

"我做博彩业，也做餐饮，老沈你是攻哪行的？"王先生洋洋自得地自夸。陈太最看不起王先生的自夸，他前年开了一家通宵营业的麻将馆，晚上管客人们夜宵。

王先生一发问，其实是替满屋子的太太八卦了。她们一上牌桌就故意加大扔牌的力度，攀比谁的首饰响得更清亮。现在一个个都斯文淑女起来，她们是替陈太听嘛。

老沈的回答中规中矩，甚至有点儿二两拨千金："我不是做生意的料，公司早盘出去了。现在只喜欢旅居，做些年轻时没做完的事儿吧。"

王太筛着信息，瞬间捕捉到了一条关键信息：老沈还没有移民，房子说不定也是租的。

原来出手阔绰的老沈是个穷大方的愣头青，白让她们眼红这么久。她再看向陈太时，不由替她忧心，陈太这次是真亏，老沈还不如前面那个上算呢。

陈太却对这些人好心闹出来的动静充耳不闻，她们都不懂老沈。她们蛮不讲理地瓜分着八卦他的权利，也互相瓜分着占他便宜的权利，仅靠只言片语就能给你捏造出一个一无是处的老沈。

她没好气地甩出去一张废牌。怎么啦？她就亮出光光的一段手臂，好像她稀罕穿金戴银假富贵似的。没人读得懂老沈，正衬得老沈曲高和寡，她还同情她们的男人一包土瓢子呢。

老沈倒没往心里去，或是在他的认知里，他们的一举一动都市井得可爱。他不打牌也不爱搓麻将，对岌岌可危的大水晶灯和定制落地钟并不感兴趣，他拿着一罐冰啤酒在主人家闲逛。

王先生方才开了瓶红酒执意要与他痛饮，一口闷下去大半杯，在沙发上半敞着几颗纽扣醒酒。王太又使眼色又续茶水，被三分醉意的王先生训斥起来，老沈赶紧得空溜走。

他沿着弧形木楼梯上了二楼，喝酒时听王先生吹嘘他藏书之丰富，他倒听得兴致盎然。

书房的装修完全西式化，家具材质统一为深褐色的胡桃木。几面偌大的书柜里按顺序摆放着王先生的收藏，平日也没人翻阅它们，隔着精良的玻璃看过去像极了一排排艺术品。

老沈饶有趣味地大概环视着书房。墙上挂着色彩磅礴的巨幅油画，角落里还设计了休闲区。一张嵌着缎面软垫的躺椅奢侈地闲置着，他敢打赌它还从未被主人们好好使用过。

他把冰啤酒放在旁边的小圆桌上，打开书柜欣赏着这海量藏书，顺手抽下一本《局外人》，他喜欢加缪这个作家。他好奇王先生怎么会有这般兴致，人果然不可貌相。

下一秒的老沈才哭笑不得。他刚审判完自己用眼识人的肤浅，把书倒过来，才发现这是本"假书"。不可能有人去翻它们嘛，还真是一系列的收藏品——王先生收藏着海量的书壳子当摆件，本本都标题醒目精美绝伦。

老沈下楼时，陈太还在麻将桌上血拼。他没有打扰她，给她悄悄发了一条讯息："散场后想不想一起去个好地方？"

陈太和他像做贼似的打着暗号，时刻准备背叛一屋子的玩伴。她马虎地又输了两把，假装撒娇又撒泼地喊王太过来替自己玩。

王太颠着一张浑圆的面粉脸坐上桌，拦王先生的酒可是件苦差事，她早就手痒得要命了。

他找了个借口先走了。

她观望了一会儿王太的牌，大家都没注意到她和老沈的暗号。

陈太在沙发上心虚地摸找着包，他就在门外等她。他们仿佛回到了十几岁那会儿，在那个年代，私奔是爱恋的证据。

"我们去哪儿？"被十几岁的情怀撞得七荤八素的陈太钻进老沈车里，才想起来他们还没有一个目的地。

"我常去的，不知道你有没有去过，是一个不太出名的湖，我的故乡也有类似的湖。"

老沈在后视镜里观察着陈太，她今天化了淡妆，比平日里多了两朵更自然的红晕。

"想带你看看，觉得你会喜欢。有些景和事物，在暗处看反倒更有意思。"他似乎说了一句颇有深意的话，也只对她说了。

陈太发现她今天才真正认识老沈，他当着大家的面儿一向不会说这些。以前的他是被自己强行粉刷过的，别人的判断也在继续粉刷他；他的好说话、好修养都是罩在身上的一层雾，在别人眼里一时好又一时坏。好由于他经常有用，坏由于有时他的有用别人受用不着。

老沈把车停在不远处，夜色和四周的野石连成一片。

她的鞋跟不高，跟着老沈在乱石里穿行。老沈将身子平衡在靠近她身后一点儿的位置，他们靠零零星星的灯光才看得清下一步的落脚点。

他们最终站在离湖最近的那块石头上，往深看去，她和他身后是同一片寂静的国度。

于是隔着泛凉的晨雾，也隔着老沈身上的雾，陈太用目光一遍遍打磨着他的轮廓。老沈哪儿都不显老，就是一双爱沉思的眼睛坑了他，它们永远是一副未雨绸缪的模样。

她和老沈离得如此近，近到两个人不必开腔打破沉默。

我帮陈太悉数回忆着她记忆里七零八落的老沈。老沈的身影不光附生在她心里，也附生在她的一颦一笑里。

所以，回到一开头，陈太并没有生病。她在躲一个答案，答案关乎她和老沈。

她在韩国街上徘徊很久了，她比留恋唐人街更留恋它，它是她和老沈的开始。

三个多月前，生日当天她给老沈留了门，他们都没有下馆子的习惯。老沈提着大包小包进来，开始叮铃咣当地忙碌。

从纸袋里露出一瓶酒，她熟悉的老沈不常喝酒。

饭菜陆陆续续摆上桌，桌子也是老沈陪她挑的，在周边小镇的一个家居店，老板是个地道的阿富汗人，店里的家具清一色地保留原木色彩。他执意要付钱，她拦都拦不住。

老沈给自己倒了满满一杯，一口便吞下去一大半。

"我早就见过你了，是你从来都没留意过我。"他难得和她锱铢必较地矫情。

陈太暗自大吃一惊，她竟对他的潜伏这样后知后觉。

"在唐人街那家饭店里，我常光顾的，我正好要办事，在多伦多停留了小半年。我只挑你在的时候去，你几乎每天都在，我就只能每次都点同样的饭菜。平时不常吃粤菜，别的也吃不惯。"

老沈垂着的右手摸摸膝盖，这是他的习惯，一感到不自在就摸膝盖："你可能不相信，我在那时候就觉得，如果真有戏就非你不可了。我也不相信爱，我只相信我自己。"

"你见我的时候我还没离婚，前年刚离。"陈太戳他痛处，她想让老沈明白，他看似大费周章的铺垫并不值得他那么卖命。

“我要走了，回老家去。”

他的故乡是一个吴音细软的小镇。他在湖边和她提到过，她那天没留神，这是老沈留给她的一道选择题。

他顿了顿又说：“我一直是个不婚主义者，所以到现在也是一个人。”

陈太仔细回味着这些铺垫，她的余光顺着杯子边缘滑向他的领带，老沈今天反常得让她忽略了即将到来的离别。

喊老沈习惯了，刹那间他变成了一点儿也不含糊的沈先生，那么他只是她的老沈吧？他也有过许多种选择，现在他选择了和她开诚布公。

“打算什么时候启程？”陈太细细地追问。

她这大半生里，总是在马不停蹄地与人告别，告别自己也告别爱人，上一次告别是告别了十年多的婚姻。她太精通道别了，精通源于警惕。

老沈答非所问地反问她：“你会和我一起走吗？这么做是会有点儿自私，可我确信我们是一路人，真的，有时候就像照镜子似的。不是我总在迁就你，是我从几年前就发现了我们的相同，剩下的时间都是在靠近你。几年、十几年，都大同小异，我不用花一生的时间去寻找我要找的那个人了，我只需要每一次都有能力靠近就好了，这省了很多事儿。"

陈太没搭话。老沈在试探评估着她的心意，陈太也在评估着她跟老沈一起走的风险。

她在三十七岁悄然而至的那天彻底想通了：她竟"爱"过许多人，爱在一次又一次的反复衡量里贬了值。

她没说话的空当里，也在衡量着她的后半生。老沈一直都是这样无可救药的浪漫，一个人的浪漫是两个人的冒险。

陈太想起那电影里和她同名的女主，她记得里面有过这样类似的桥段，可她那时没仔细看到结局，她不知道电影里的苏丽珍最后做了什么样的选择。

她的沉默让气氛凝重起来。要是老沈肯再多说一句话，把那句最该说的先说完，他们之间的故事或许会有另一种结局。

"好啦，我该回去了。"老沈却站起身，椅子在木地板上划出不合时宜的乱响。

他的一只手慢慢搭在她肩膀的一头上，像一个稍纵即逝的邀约。

陈太后来才明白，老沈的浪漫可能酝酿一生才正经一次。

"差点儿忘了，你的生日礼物，一进门就想给你。"

已经披上大衣的老沈从内兜里变出一个巴掌大的礼品盒，外面临时裹了一层包装纸，缀满了紫红的蝴蝶暗纹，楼下的礼品店里都有这种包装礼物的服务。

老沈走后再也没有了讯息。陈太的服装店上新货时遇到了一些小问题，她在店里对了一天的账，也没顾上问明白生日那天老沈没说的启程日子是哪天。她想，应该还没这么快吧？

她认为她足够了解老沈，老沈的离别不会有头无尾。

回到家，陈太想起来老沈留下的礼盒，便去房间抽屉里找了一把剪刀将它细细剖开。里面是一个硬纸盒，再探深一点儿，又是一个更小的丝绒盒子。

她轻轻把它打开，一枚细细的钻戒小巧玲珑地躺着，卧室里不耀眼的床头灯使它格外耀眼。

她在里三层外三层的包装纸里找了半天，老沈没留下卡片，连一星半点儿的文字都没有附。她这才明白了老沈没得空说出口的那句话，还有他问她要不要一起走的用意。

这个老沈哟。陈太半靠在枕头上，睡衣角上的绣花刺激着她的判断。

她翻着她和老沈的讯息，昨天深夜他给她发了一张在机场的照片，她这时才看到。

老沈没有入镜，只拍了一张候机室的照片。他选择一天中最晚的航班，不知是在等待，还是有意要失之交臂。

她遇见过的形形色色的男人里，只有老沈让她临近不惑之年却为他分了神。

陈太想出去走走。打开衣柜，老沈的审美霸占了大半个格子。老沈实实在在地在她生活里留下了一个不小的缺口，除了老沈别人都填不得。

文艺小说里都有一个不夜城，此刻的韩国街就像那个微光世界。

街道两旁的餐馆里氤氲着暖昧而明亮的光线，作为一整天的收尾。

如果在文艺小说里，我们这个故事该怎样收尾呢？

女主人公陈太游荡了一天，现在突然想找一家小饭馆坐下来，烫一壶烧酒，喝一人份的土豆脊骨汤。

店面很小，在等待的过程中她会掏出粉盒检查一下眼角细碎的浮纹。这时她在小圆镜子里看见身后，好久不见的那个男人——可能是突然回来的老沈，也可能是曾经的丈夫，正朝她挥手。

然而这可不是文艺小说。我和陈太都这样思量着，我先替她否决了我臆想出来的情节。

陈太确实找到一家亮着灯的韩餐店坐了下来，在靠窗的位置。她之前在唐人街的时候，不怎么喜欢吃这个，搬来以后才慢慢喜欢上了砂锅慢炖的浓稠。今晚她像个匆忙落脚的赶路人。

她不用翻找出小粉盒补妆，侧过头就是一面巨大的"镜子"，她和外面的夜色阑珊都被放大了。小店路边的停车牌下，从一辆熟悉的小车里，正走下来一对男女。

男人先下了车，不高，在路灯下显得更瘦小了些，搀扶女人动作倒是一气呵成。女人累了似的挺着一个微微凸起的肚子，两人的个头比齐了看更有老夫老妻的味道。

看了一会儿陈太这么下了结论：他们更般配，体己就是最难逾越的般配。

女人注意到了窗户里的陈太在仔细研究她，耳语男人几句，男人转过头，正和陈太的目光碰到了一起。

陈太这时才想到小粉盒，手伸进包里，马上意识到已经太晚了，男人即将和她交错而过。

窗户被老板娘擦得太亮了，她几乎与他面对面。

在与她擦肩而过的这几步里，他一直看着她，看得她也揪心地疼起来，她从未发觉错过竟这样惊心动魄。

她也是在错过里彻底爱上老沈的。

她将目光错开去，她一直是个"水性杨花"的女人。

她的多情可以是一顿饭的工夫，一晚，一生。把她和他曾共有过的那场婚姻生活拆碎了，都不及这几步亲密无间。

男人和她终于渐离渐远时，她在心里哄拍着自己，他们根本不必无声地打招呼，目光刚刚已经问候过彼此了，时机分寸都正正好。

那目光似在唤她："陈霭昕。"

（三）小楼，小楼

最后这个故事是讲给从开头看到这里的你的。

从唐人街到韩国街的跨度，是流亡文化的迁徙。韩国街本可以不叫韩国街，它的命名是由道听途说的人们大杂烩出来的。

楼下的陈太和楼上的曼丽，我有意无意地总在设计她们的日常轨迹，别人我漠不关心。

七楼的尽头是我合租的地方，和一个在我之后搬进来的陌生女人。我的房间里只有一张贴地的床垫和一张折叠桌，易拉罐上搭着我的眼镜，通常两边都难为情地散落着外卖盒和折断的烟头。

陈太，我经常在电梯里见到她，她总能识破我企图研究她的小心思，回报以冷漠的上半张脸。

曼丽和我很像，我能觉察到我们之间的共同点，有点儿玄妙，她也在偷偷研究我。我们曾经每个礼拜总有两三次会在楼旁的小公园偶遇，挤出刻意的假笑向对方表示礼貌。

我是一个孤僻又古怪的人，没有多少朋友，不管钱包里有多少钱，永远一副拮据的状态。我会拿最后一顿菜钱的一半买酒喝，在萨娜的小店，白人、黑人、黄种人，穷人、看着很穷的人、看着很富的人都聚集在那儿过。

多伦多的冬季又臭又长，寒风像刀子一样将我的皮肉从骨架剔下来，像剔一条冰冷的鱼。我却渐渐喜欢上了这种凛冽的残忍。

不管你们信不信，人都有至少两个自己，酒后吐真言和酒后失态，就是这个理论。

我就是这样和吧台后的萨娜说的，也不知道她最后听懂没有，她是个韩国女人，从头发丝精致到脚趾头上。她的英文夹杂着很浓的口音，当然别人的英文在她耳朵里也是如此。

她的小酒吧里新挂着许多副插画，是新晋画家亨利·查尔斯的一个系列。记者们争先采访报道这颗从韩国街某个地下室走出来的新星，用千篇一律的辞藻赞美他和他的获奖作品："艺术界的旷世奇音""印象派鬼才"。

亨利被框在小酒吧墙上电视机的屏幕里，那时已是冬天了，他还戴着一顶旧八角帽。

他早已不住在韩国街了，但韩国街大街小巷的人都在这个频道里认识了他，以往萨娜只播放体育频道的球赛。

当他被记者问及其中一个起名为《大卫与女人》的系列时，亨利说，这是他最不成功又最成功的作品，他就是画中的大卫。记者再问，女人是谁？

亨利没有直视镜头，他的八角帽巧妙地转移了视线，我们看到的亨利正以一个不咸不淡的侧脸向提问者解释。他说，"女人"只是一个象征，就像一个特殊的代号，象征着大卫这个人物的没落与新生。

与此同时，曼丽正坐在屏幕前看他。

她也买了《大卫与女人》的印刷品，完好无损地挂在她新婚之家的墙壁上。

她看到那段报道时是和新婚的丈夫一起，他们正式结婚后也不住在韩国街了。

萨娜告诉我，她见过亨利，亨利画里的女人她也见过。萨娜告诉了所有客人，但没有客人当真。

我当然相信萨娜，她坐拥着她的小酒吧，坐拥着来来往往的客人的乌托邦。我也是她的常客，我们自己都还没察觉到的悲欢离合，往往先寄存在这里。

萨娜有五个孩子，最小的那个还在韩国，老大在附近上中学。这么算下来，萨娜的年龄要比我大出去整整一轮。她讲话的风格和穿衣一样，看似杂乱无章却耐人寻味。

譬如，拉塞尔，一个常年混迹在韩国街街头的老无业游民，他不分季节总穿同一件夹克衫。没钱时我们都看不到他的身影，有钱时就来萨娜的酒吧喝一杯不加冰的伏特加。判断他近况如何，只看他是否坐在吧台就好了。

萨娜这样形容他：他像一只秃鹫，圆寸理得奇短，到了冬天就把头缩进夹克衫的里衬里。

就是他，在这个冬天的几天之内榨干了萨娜小半个格子的存货。拉塞尔总有买醉的理由，第二天仍面不改色地坐在老位置。我们合理地猜测，拉塞尔今年年尾一定发了财，才一笔账都没有赊。

我和萨娜都笑着和他打趣道："发这么多财，都不给自己换换行头呀？"

　　他的好伙计维克多和他并排坐着，俩人每次完全可以选择宽敞点儿的座位，可他们总是磁铁一样不分彼此。维克多是个高个子男人，常年不爱刮胡子，手臂上有大团的彩色文身，金黄的汗毛根根分明。维克多和拉塞尔有差不多的嗜好，无论个头大小都爱把后颈蜷缩在领子里，看过去更像极了一对孪生兄弟。

　　听到我们不怀好意地调侃他的好伙计，维克多马上替他辩护："我们拉塞尔，穿夹克衫照样发大财！"

　　拉塞尔大方起来很容易让人忽视掉他过去的捉襟见肘。他一个人喝酒时还是一杯单调的伏特加，店里性价比最高的那种，却对朋友格外豪爽。

　　维克多以往只买得起量大实惠的扎啤，现在他面前竖起一排彩色的炮弹酒。彩色炮弹一口一杯地蹿进喉咙里，每一次酒精通过时，他硕大的喉结都被动而欢快地跳动一下。

　　我们都深信不疑，拉塞尔在我们看不见的地方多了一笔神秘的财富。

　　"咦，拉塞尔，你怎么没考虑一下搬进对面的公寓？"我的性子耐不住好奇心，索性开门见山。

拉塞尔平日不和我多说话，直觉告诉我他看不上这里的大多数人，我的主动搭腔倒是让他打开了话匣子。

他歪过头看我，像审视一头不谙世事的小羊："我住的地方一直没有变过。难道搬进那公寓楼里，可以证明我现在不是一个穷光蛋吗？"他指的是我现在合租的那座小楼，今年的租金上调得我只好骤降衣食住行的品质，维克多喝的那种酒是我一天的伙食费。

他的诘问不禁让我刮目相看，我本以为他会找许多托词来周旋，而拉塞尔却说了一句最光明正大的实在话。

拉塞尔当然还是原来的拉塞尔，只是由于突然多了票子的价值，我们惭愧地戴着另一副有色眼镜观赏他罢了。

想来也很有趣，一个人的价值往往会取决于他的附加值，而不是实际行动。

不知是因阔绰而睿智，还是因睿智才阔绰起来的拉塞尔，就这样成了我们的新常客。

我问过萨娜："拉塞尔到底算是一个幸运儿，还是一个被误解的聪明人呢？"

萨娜在池子里拧出一块旧出毛边儿的抹布，仔细擦拭着累赘的啤酒机，头也没抬地回应我："他买酒，我卖酒，我不会深究这样的问题，本身就是没意义的嘛。幸运儿和聪明人现在都要喝酒，我只认识买酒的拉塞尔呀。"

萨娜才是最聪明的那个人，她向来只兜售喜怒哀乐，不问来路。我过了很多年才明白，她看似漫不经心的回答总能一语道破玄机，冥冥中她也在遵循她的规矩安排着我们的乌托邦。

陈太的服装店就开在距离酒吧一百米不到的地方，中间整齐串联着不同字样的门面。

萨娜格外偏爱中国女人。她认为陈太虽然穿得奇奇怪怪，但骨子里还尚存着婉转极致的东方美，这是她修饰不掉的难能可贵之处。真正意义上的美是和生命本身的深度脱离不开的，它决定着那些让你在人群中一眼被认出的特质。

当时萨娜就是这样和我"预言"的，她说："那个好漂亮的中国女人和以前不一样了，你看她的样子，分明是遇见对的人了。"

萨娜在我吃惊的表情里又说："我打赌，她过去的男人和现在遇见的这个截然相反，而且，她不会来我这里喝酒。"

我虚心地请教这个预言家，她为什么这么深信不疑。

萨娜嬉皮似的努努嘴："她把这些都挂在自己身上啦，也算半个同行，还是半个邻居。有的人不用开口说话，你就能感受到她的情绪；有的人说一堆话，没一句有情感。你慢慢就懂啦，能用自己的方式感受陌生人的情绪，是一件快乐的事。"

果然，后来陈太的店悄悄地盘了出去，我在小楼的电梯里再也没有遇见过她。她的服装店过了一阵子便挂上了拉面的招牌，店里设施还没到位，新店主是一个健谈的年轻男人。他倒很喜欢在周末选一天来光顾萨娜的小酒吧。他告诉我们，之前那个老板娘是回国找爱人去啦，价格没错太多就转手给他了。她手上戴着钻戒，不然还能干吗去呢？

当然，他的话我们都是左耳朵进右耳朵出，他能滔滔不绝地弥补出别人嘴里还没来得及说出的事实。但是有一点可以确信，萨娜眼里好漂亮的陈太，最后真的戴着钻戒回国了。

拉塞尔一连几天在萨娜这儿小酌，也顺便豪请维克多，比以往更规律的是他只在十点以后来。他白天去了哪里活动，只有拉塞尔自己知道。

萨娜有一只失物招领柜，里面放着醉酒的客人遗落下来的物件，从手机到钥匙扣应有尽有。

内森是为数不多肯开车来这儿喝酒的客人，也是我见过的常客里唯一一个将衬衫烫得笔直的一位。萨娜很欢迎他，他喝醉的时候太少太少了，每次都是一个人安静地占据着角落的皮座。

皮座是用来招待三个以上的客人的，比围绕着吧台的散座和木桌档次高一点儿，内森也深谙这条不成文的规定。他的消费金额控制在这个范围内，不多不少，既不让人觉得他是一个酷爱摆阔的人，也不会占了萨娜的便宜。

内森的礼貌和文明更像是和圈子外的人刻意保持距离，他就是那个活在瓶子里和我们对话的人。要是有耐心追溯到他祖父那一辈分析，便情有可原了。

他一家三代都是靠技术发家的白人。祖父是一名颇有声望的外科博士，经营着一家挂牌诊所，前几年顺应经济趋势把诊所改装成了美容院。他的父亲沿袭了祖父的声望，学了牙医，顶着祖父头顶的光环倒也小有建树。

到了内森这一代，他不想学医也难了。他的父亲忧心忡忡地通知他，他的期末成绩糟透了，还是别给家里丢人现眼了。

他问父亲，那我该去做什么？父亲弯腰把沾满消毒水的棉棒丢进垃圾桶，抬头问他，你喜欢做一名医生吗？

小内森摇摇头，他从小看腻了也受够了那些冰冷得不近人情的器械，他经常梦到它们长了脚追着他屁股跑。父亲说，那你从现在起要喜欢它了。

内森目前还在做医生助手，毕业后五年一晃而过。他不必恐惧小时候的噩梦了，就业的门槛越来越高，他连碰它们的机会都没有。

他常光顾萨娜的酒吧，大部分原因是他每月固定的薪水只够在这儿撑足颜面——与其在太高档的地方做别人的影子，不如在稍次些的地方做一个绅士。他骨子里没落贵族的精神就是他的家训，家训决不允许他在任何场合失了风度。

他匿身于瓶子后桀骜地观察我们，甚至有时同情着我们，其实也是在同情他自己吧。如果当年的小内森稍微有些主见，就有很大概率能脱离眼下一成不变的失败：他压根不是那块料。

他太努力想摆脱掉祖父和父亲的阴影，摆脱家族光环正在消亡的逆境，但在他身上却折射出与他们二人相同的品质：对这个社会既心生悲悯又面带冷漠，悲悯是他们给自己背负的不得已的责任，冷漠则是三代人都不自知的负担。

内森难得会在礼拜三出现。

萨娜正费力地支起门口的大白伞，遮阳伞像两个大亭子，笼着几张小圆桌，这是萨娜的创意。下雨和避暑都正合适，没打算来喝酒的人也会停在这儿小憩一会儿。

"还没开门哟，我每天都要重新擦一遍桌子。"她惊讶地打量着内森，示意他先到里面坐。

萨娜出了名地爱干净，我印象里的她很少有垂着手乖乖歇在柜台后的时候。招呼客人、打扫卫生、调酒、做饭都是她在忙，萨娜的裙子在你眼前飞得眼花缭乱，飞出一朵大牵牛花。

内森站着注视着她成功筑好最后一个大白亭子，方才开口："萨娜，我可以看一看柜子吗？我想我上次也许落了东西。"他没有说具体遗失了什么。

萨娜说："我打扫了这么多天，没看见有什么多余的东西。别的客人看到了，一定会和我讲的，钥匙在我这里嘛。"

她一面说着，一面领内森走进店里，殷勤地拿钥匙拧开半人高的柜子，它像保险柜一样呆立在电风扇旁。添置这个柜子以后，从后厨绕进吧台就得务必十分小心，脚底一打滑就磕碰在柜子的棱角上，空地只够两个人勉强活动。

内森小心翼翼地走到吧台后，他时刻低头注意着脚下的杂物和电线。他穿了一双软皮的便鞋，这种皮子是块柔软的"铠甲"，使他近乎如履平地的同时也极易受损。

"喏，都在这里了。你看看。"大敞着的柜门正对着内森。里面几乎空空如也，只剩下两件没人认领的大衣和一个旧钥匙扣，显然没有内森要找的物件。

内森照例左一声道谢右一句抱歉地出了门，萨娜想，这么烦琐的习惯用在短短几步路的距离上，看着都要累死了。

不过在内森走后，萨娜若有所思地翻看着她的小账本。

韩国街的高楼大厦下串着一排排低矮的房子和商铺，像蜈蚣的脚，密密地盘踞在一起。那些屋顶简陋的小房子没有公寓和别墅区高档，它们组成了一条新的市井风景线。

我有一天在一栋平顶小房子的后院看见了拉塞尔，他大汗淋漓地往外拖一个拉货的板车，废弃电视机、电冰箱、微波炉全张牙舞爪地躺在板子上，摞起来简直要淹没掉奋力拽把手的拉塞尔。

后院台阶上还站着一个瘦高的女人，线衣外面围着条大花挂脖裙子，一只手指挥着拉塞尔，一只手空出来在裙子上摩挲着。

我以为这是拉塞尔的家，那个指挥他的女人也许是他没和我们提起的女朋友或家人。看了没一会儿我便否定了这个猜测，那女人根本不心疼他的啊。拉塞尔没穿夹克衫，上身胡乱套了一件宽大的卫衣，这么冷的天气背后濡湿了一大片，拖一会儿总要腾出手抹一把从额头上往下巴淌的汗，他也怕生病。女人都不知道递一块毛巾给他。

　　拉塞尔没留意到我，他一心与他的拖车对抗。我回到家了还在思考，幸运儿拉塞尔何时这般拼命起来？他还是个无业游民的时候，可没那么积极地生活过。

　　内森也住在这条街上，在黄金地段。那是一幢带着精巧尖顶的房子，面积不大，胜在不同凡响的设计感。没有前院，更近似一幢复式高配版的现代公寓，出门就是林荫小道。

　　他工作的医院在市中心，离家不到几百米就是高速路口，价格却比市中心便宜三分之一。他去年刚还清尾款，从牙缝里抠出来这幢比上不足比下有余的房子。

　　他前些日子在萨娜店里度过了一个沮丧的周五之夜。他工作的地方新来了两个实习生，头衔和他一样。上司同他客气地解释，都是难免的，选择试用新人也是想让私人医院与时俱进。头衔代表不了什么，实在不行就把自己当作是小助理们的组长吧。

他们这家医院主要是做外科美容手术的，相对于一般规模的私人诊所，它具备了给顾客开刀和缝合的设施和资质。院长不是老板，是和他祖父差不多年纪的长脸老头儿，走路时后背和脚后跟挺出一条板直的垂线。他们很少见得到老板，老板只有圣诞节时才来宣读不知是谁帮他总结的陈词，年年都是换汤不换药。

内森在工作中扮演一个无关痛痒又锦上添花的角色，他来做助手之前，老医生一直抗议自己被超额劳动量剥削，这才有了他的存在。现在多出来两个新人分割他分内的事，内森更显得可有可无了。

周五下班前，内森照例整理着一周的档案，他没来的时候这是老医生的任务之一。他做完这周的工作总结，将文档拖进大文件夹里才发现里面多了一份内容大同小异的文案，除了总结这周接手的客人信息，还多了几段极为专业、细致的评述。

内森的焦虑就是在看到这份文案之后大爆发的。他工作五年从没出过什么差错，他父亲说无论身为医生还是医生助理，不出差错是基本的素质，这也是他守着一个无足轻重的职位有些年头的原因。

两个新人比他下班早，却在这些细节上比他讨巧。他们在不告知他的情况下，暗地里花心思完成了原本是他分内的工作，平日里遇见费力耗时的内容还是"让"给他这个老前辈。

内森的家训里还没教过他被别人抢尽风头时该怎么做，所以他并不知道自己的惶恐究竟起源于哪里。他的祖父与父亲本身就是两个光源，只教会了他如何照亮别人。

于是在周五傍晚，满心焦虑的内森坐在老位置上，昏暗的吊灯在他脑门上投下一团团阴影。

萨娜的小酒吧一个月会举办一次主题派对，那晚的主题好像是复古。她穿一件波普风的斑点衬衫，衬衫的下摆紧紧箍进不伦不类的蓬蓬裙里。墙上的大液晶屏里播放着黑白电影，音箱里传出某个年代久远的女星的甜嗓，混着滋滋的电流声，猛一听分不清唱词和语种。

店里仅有的三个旧皮座格外抢镜，内森坐在中间那张皮座里，与我们的欢乐隔空相望。

维克多用胳膊肘捅捅醉眼朦胧的拉塞尔："你看那个另类，是被老板炒了还是被甩了？"

维克多从见内森第一眼就不喜欢他，内森的形象是他一度鄙视疏远的。维克多从小就厌倦正常和规矩，他手臂上夸张的哥特图案文身就是想抹杀掉父母和老师向他脑袋里灌输的"正常"想法，他的狐朋狗友表面欣赏着他的独特，背后却把他视作一次失败的养成计划。长大以后他想远离的那种人，其实就是他后悔没有努力成为的人。

因此，他对内森的情绪变化异常敏锐。他嫉妒地感知着对方的生活，像蚂蟥一样寄生在别人的风吹草动里，与他没机会成为的那类人共享同一种酸甜苦辣。

内森觉察到了维克多他们正朝他这边打量，他心里是愤怒的，嘴角不受控制地牵起一个不失分寸的微笑。维克多刺眼的大胡子和拉塞尔的探头探脑，还不值得让他计较。较量可以是无声的，他认为他们和他相比低人一等的标志，就是他们对自己外在的龌龊浑然不觉。

拉塞尔不羡慕内森，也不随声附和老伙计维克多的看法。维克多尖酸的耳语只能进一步验证了他的向往：只坐在皮座里的内森，就算失魂落魄也是坐在皮座里的人。

萨娜顶着一朵鲜艳的栗色假发，非要拉着我跳四步舞。我不擅长跳舞，四肢不听指挥，音乐响过去一大半了，手脚还是不知道往哪放。萨娜笑得前仰后合，拉塞尔也好心地大笑起来，我和这些人在特定的时刻里很像一个大家庭。我们的欢乐是相通的，没有人关注你来自哪里、你是谁，甚至明天不知道会在哪儿重逢，欢乐的可贵之处是它根本不需要价码。

内森在他的瓶子里注视着我们的欢乐，他不需要被分享，也从未分享过他自己。

那晚拉塞尔和维克多都喝醉了，摇摇晃晃地缩在吧台旁，吵着要替对方买单。

这是上周五的画面了。现在内森搜索着脑海里零散的讯号，认真寻找他丢失的那张信用卡。

他在每家银行都申请过信用卡，丢失的这张平时不常用，也许是买单时从钱包里掉出来的。他那晚喝了几杯忧心忡忡的酒，所以他几乎可以认定是如上所述的情境，完全清醒的状态下，他一定会留意细节的。

自从拉塞尔阔绰起来以后，短短的几个夜晚里他又多了几个新朋友。维克多俨然把自己当成里拉塞尔唯一的亲信，有百分百的义务帮他鉴别每个人的意图。

"那个矮子，他摆明了要巴结我们，他后来是自己掏的钱吗？"维克多忿忿不平地唠叨。

今晚拉塞尔是被维克多拽来的。维克多经常游荡在韩国街的各个街头，以萨娜的酒吧为中心，他的活动轨迹可以画一个散漫的圆。

拉塞尔一连几个白天帮人搬家运货，大多时候是处理旧家电，除了我目睹过一次之外，他没和任何人提及过。

维克多照例要了一排炮弹酒，并没有要买单的意思。拉塞尔也一如既往，都不必开口问他。

拉塞尔接过萨娜递给他的杯子，萨娜眼尖，发现他每个指头上都有粗糙的划痕。他的食指躲避着杯壁，向上翘着，指甲缝里眦出一道的沟壑。

"嗨，拉塞尔！"一个瘦高的黑人走过来拍拍他。

同拉塞尔打招呼的客人里还有那个连维克多都瞧不上的矮子。他的肚皮和脚尖吃力地比齐，泛油光的腮帮子把五官挤得哪儿都不是位置，中央腆着一团酒糟鼻。

他亲昵地上前拥抱拉塞尔，不由分说地把屁股塞进旁边的高脚凳里，手里握一瓶快见底儿的啤酒。

矮子得踩着凳子底下保平衡的木杠才能爬上去，再费一会儿劲把屁股上的赘肉都塞好，进行完这一系列的动作，他的酒糟鼻更红了。

维克多忿忿地瞪他，矮子回敬他一个灿烂的咧嘴笑。

维克多早发现了，就算他天天和拉塞尔双胞胎似的出双入对，别人只在没话找话时才问他的名字，下一次攀谈时照样忽略他。矮子更可恶，明目张胆地挑衅。

他和拉塞尔同时看到了内森，内森没有进来。他在拉塞尔回头看他时，朝他招招手。

拉塞尔走出去的时候，维克多没有跟上来。

"我们早就见过。"内森开门见山地说。

"我猜你今晚付不起朋友的酒钱。"他又追着补道。

拉塞尔头皮一紧，攥着打火机的手早渗出了一层黏汗。

内森对他挥手时他就攥着它了，是他捡到了内森的卡，他感激内森没有在店里就揭穿他。

"直到昨天我才发现一张信用卡丢了，去银行申报挂失的。我第一个怀疑的不是你，是总在你旁边的大胡子，你知道我指谁，他可不是盏省油的灯。"内森说。

这番话倒像不经意地为他开脱，拉塞尔厚着脸皮惊险地在里面捕捉着那一丁点儿暖。

"不是他。"拉塞尔埋下头。他盯着内森的皮鞋看，他买得起也穿不起，穿这种料子的鞋是需要时刻养尊处优的。

"那你是承认了吗？"内森突然发问。

拉塞尔从夹克衫的口袋里窸窸窣窣地翻出一堆零钱，他的手颤得厉害。他醉生梦死地过活的这一周半，是他一滴汗垒一滴汗地赚回来的，可是却不那么光彩。

他把钱递给内森："我打现金工赚了这么多，你先拿着，剩下的我过两三天就能还给你。"

内森颇有深意地翘起一边嘴角，他的不屑于计较就代替他证明了他的高贵。

高贵和卑贱本没有合适的标准来区分。自认为高高在上的人用施舍划分出被同情者，被同情和待宰割就被打压成同等的卑贱。靠这种对比得来的高贵，也就配不上高贵了。

内森翻白眼看看天，随手在门口的花坛边掐灭了烟头："这不算什么。我不是要讨这笔账。你不欠我什么。你穷怕了所以才做了错误的选择，我不怪你。人总是要犯错的，你偷了我的卡，我全理解，我原谅你了。"

酒吧里长长短短的脑袋都快伸出门外了，维克多料到了拉塞尔的难堪，他小心地闪进洗手间里。委屈了那么大的块头，要在众目睽睽下躲个清净。

"不是偷！"拉塞尔的眼睛直直地看向对面比他矮一截的男人，他轻轻松松就能将他从装模作样的衬衫里拎出来。拉塞尔承认自己是错了，但他从没想以这种方式强取豪夺别人的东西。

捡到内森信用卡的那天，维克多也在场。他们都不知道这是谁的信用卡被匆忙遗失在吧台上，拉塞尔先看见的，环顾四周看看四下无人就把它揣进了口袋里。他是虚荣的，维克多装作毫不知情地纵容着他们两个人的虚荣。他想要的极少，他只想透支几个体面的夜晚，哪怕白天的他要不体面地给人打零工。这个无比单纯的动机就是在原始欲望的驱动下，才变得那么不可理喻。

"不是偷是什么，在别人不知情的时候借用了他的钱吗？"

内森发现他完全不能同比他低贱一等的人沟通，他们不在一个频道。内森能感同身受的，只抵达了拉塞尔内心活动的十分之一，剩下的一概不知。在内森看来，这就是他认为拉塞尔这类人必须时刻低他一头的原因。

"你要为你的行为道歉。我可以不要你的钱，赚这些钱不容易。"内森试图和拉塞尔进一步商量，以便他妥协，他认为现在已是自己退让了一大步了。

我们都隔着玻璃凝视着拉塞尔，衣冠楚楚的内森和他正站在同一条标杆上，拉塞尔自己也看见了那条虚拟的标杆。在平时，他俩压根不会有交集的机会，此刻却平等起来。内森不断地往他那端添加着道德砝码，使平等的标杆向他的方向倾倒。

坐在吧台的人其实都听不清拉塞尔和内森的对话，只有靠近门口的人支起耳朵朝外面观望。

拉塞尔被孤立在他们之外，变成一个被观赏的新角色。

高瘦男人和矮子也不明就里地望着他，以为他对面的内森是某个合作伙伴，维克多绕进走廊里的洗手间后便一直躲在里面。

"对不起，我先把它还给你。"拉塞尔从夹克衫的内兜里翻出来一个布包，里面包着内森的那张卡。他自己的票子塞在外兜，却把内森的卡护得这么好。

内森不急着接，他有意非得分个对错。不置可否的是拉塞尔的确干了一件恶事，内森觉得他必须拯救这颗堕落的灵魂。在家里他的祖父就是这么教育他父亲的，他自己犯错时也会这么做。

内森没有收下卡和钱，他要求拉塞尔向他鞠一躬。

这次内森没有给他留面子，分贝提高了许多。内森理所应当该接受分内的道歉，以他从小就适应的方式，他就是这么想的。

他和拉塞尔这类靠坑蒙拐骗度日的渣滓本质的区别，是缠绕在他整个家族里的规定。

童年时他偷走一块糖，没有人声色俱厉地责骂他；在找到糖纸之后，他父亲将它展平压进书里，告诉他，这是他的第一次盗窃。那张晶莹剔透的糖纸直至他中年都安分地躺在书里，他深知他在那次以后再不会犯同样的错，他犯的错早被钉在耻辱柱上了。他很早就学会鞠躬致歉，从对着那张糖纸的主人鞠躬开始。

他们只接受这样的道歉，不成文的规定潜移默化了他们的一生，形成内森家族史中特有的文明。

拉塞尔的身子矮下去，僵直着，他的尊严和虚荣会在一躬里灰飞烟灭。

他往酒吧里看去，大家都在等他的回应，至少门旁已知情的旁观者们都期待地看着他。

他可以不阔绰不体面，可以被人戳着脊梁骨把面子踩进泥里，他的错他都认。他只是在矮下去的过程中迷糊了，他恍惚间觉得这一场风波像是快结束了，又仿佛刚刚开始。

拉塞尔往里看的那一眼，恰恰也是对我们的审视。我们才是最坏的人啊，目睹咎由自取才是作恶的根源。我们袖手旁观的时日里，可悲的人在我们面前一步步陷入更可悲的境地，罪恶演变成更罪恶的果实，我们都认为这是一种自然规律。不会有人愿意主动打破这规律的，人类的悲剧正在于此。

希腊神话里西西弗斯注定推着他的巨石前行，世人只看得到痛苦的循环，却看不到自己的悲剧。我也推着自己的巨石，我无力反驳。

拉塞尔没有鞠躬，他透过我们看清了他恶行的本质，他背负的巨石让他直不起身，也让他弯不下去。

那个晚上以后，我再也没见过拉塞尔。

"拉塞尔还会回来吗？"我轻轻地问萨娜。

"那个男人报了警，拉塞尔估计又有前科。没有亲人朋友保释他的话，一时半会儿要困在监狱里了。"

"可是他根本没花出去什么天文数字啊，连给自己买件新衣服都不肯，就请朋友喝了几次酒。何况——"我喉咙里突然一阵酸疼。

拉塞尔留给我的那个无助的眼神太意味深长了，我想起来就忍不住心痛。

"何况他也暗地里打了那么多天工，钱差不多都该凑齐了，只要再宽限几日……"我说到最后，竟为拉塞尔这个陌生人悲戚不已。

"维克多不是他唯一的好朋友吗，他为什么不去试着保释他？"我尚存着一线希望，想拯救那个大家眼里的恶人加蠢蛋。

"你想想那时维克多是怎样捧他的就该猜到了，维克多才不会去冒这险呢。没钱时的拉塞尔和他同病相怜，有钱时的拉塞尔就成了他理所应当的寄主，他认为他们是一起挨过穷日子的。现在拉塞尔比他还低人一等，他这么要面子，会帮他吗？"萨娜叹口气说。

"不光维克多爱面子，拉塞尔也爱的。玩这么一大出没头脑的戏法，不就是越缺什么越渴望拿回来什么的道理吗？如果从一开始就有人当面质疑这笔钱的来路，揭破他们的面子，拉塞尔就不会落得这个下场了。"萨娜的话总是一针见血。

我们的生活还按老样子进行着，多一个拉塞尔少一个拉塞尔都只是插曲。他很快会成为大家茶余饭后短暂的笑料，成为这条韩国街上的那一小块激起涟漪的石子。

我不光是为许多复制粘贴版的拉塞尔感伤，还有许多类似维克多和内森那样的人，和我自己这样的旁观者。我选择一脚踏入探索人性的圈套里，早应知晓这是一个死循环。它该是我用一生探讨的命题，而不是当下。

那天我喝了很多酒，萨娜只好在送走最后一个客人之后扶我回家。

"你和别人不一样。"萨娜比我瘦小一些，使出全身力气让我半靠在她身上。

"别人不会像我，喝这么多。"我拼命忍住胃里的火烧火燎，在小楼下终于忍不住坐在了路边。

萨娜拍打着我后背，从手腕上变出一个橡皮圈，把我没精力修剪整齐的碎发拢在一起。

"那么你呢，萨娜。你也这样过吗？"

我无法理解自己平白无故对拉塞尔生出的悲怆，可我无法遏制。我做不到麻木，哪怕这只是我的偏见。大多数人既定的规则里，只有是非对错。

萨娜用手指轻轻抚摸着我的头发，将它们拢在一起别在我耳后，她笑而不语。

有一列看不见的"灰狗"正从我的脑子里呼啸而过，那种在北美被称为"灰狗"的长途巴士。我不知道脑海里为什么会浮现它，我突然发现从始至终我都没有真正了解过萨娜，尽管她现在离我如此之近。

"这都不重要，亲爱的。在这儿什么都可以被接纳，没有一成不变的逻辑，亲爱的，这是它的规律。"

萨娜很喜欢用"亲爱的"称呼她的客人们，一句话里会留着两三个"亲爱的"备用，她不知道说什么的时候就说这个。

我像不喜欢总是被她炸得过火的洋葱圈一样不喜欢这个称呼。她把自己和菜谱都彻底西洋化了，我很难过。她的小酒吧里除了她，再没有任何原生文化的标志。韩国女人萨娜的酒吧，就变成了韩国酒馆，她才是活招牌。

"萨娜，"我叹了口气，"什么是真实的呢？"

她认真地看着我，两只被眼线吞没的大眼睛将我也卷进深处："你看看外面，那都是真实存在的，真实过了头才值得怀疑。你早就和它融为一体了，你的一部分，是它给的。"

小楼还是这座小楼，韩国街不会变，小楼也不会变，但还是有些实质性的东西开始变了。它们永远在更新，它们将我磨损，我却浑然不知。

临近黎明的韩国街像一根浮动的指针，那许多的小房子就是魔方上的格子，天亮时就彩排一次。

我爱它。我总是忽视这一点。我渴望走进这魔方里，它宽容了我的爱与思想，我将永远有探索它的欲望。我习惯它胜过你，萨娜。正因平庸的习惯，我才歇斯底里地爱它。

故事到这儿就该结束了，我到家马上就会沉沉地睡去。你们也许会在蛛丝马迹里追溯我要表达的主题，可正如我所说的，故事只是形式而已。